KB210276

삶이 당신을 사랑한다는 걸 잊지 마세요

삶이 당신을
사랑한다는 걸
잊지 마세요

1판 1쇄 펴냄 2025년 3월 5일

지은이 달리아 이정현
발행인 김병준 · 고세규
발행처 생각의힘
편집 정혜지 · 박소연 디자인 백소연 그림 손정민
마케팅 김유정 · 차현지 · 최은규

등록 2011. 10. 27. 제406-2011-000127호
주소 서울시 마포구 독막로6길 11. 2, 3층
전화 편집 02)6925-4183, 영업 02)6925-4188 팩스 02)6925-4182
전자우편 tpbook1@tpbook.co.kr 홈페이지 www.tpbook.co.kr

ISBN 979-11-93166-87-1 (03810)

삶이 당신을 사랑한다는 걸 잊지 마세요

달리아
이정현
지음

생각의힘

일러두기

1. 도서 제목에는 겹화살괄호(《 》), 신문·잡지·영화·앨범·뮤지컬의 제목에
   는 홑화살괄호(〈 〉), 시·노래·영상의 제목에는 작은따옴표(' ')를 사용하
   였다.

2. '과학 수업 시간에 쓰는 시'에 나오는 학생들의 이름을 제외하고, 이 책에
   나오는 아이들의 이름은 모두 가명을 사용하였다.

3. 누구나 자유롭게 참고하고 활용할 수 있도록 저자의 다양한 강의 프로그
   램을 부록 1에, 수업과 활동에 사용하면 좋을 주요한 도서·음악·영상 등
   의 자료 목록을 부록 2에 모아서 수록하였다.

4. 글에 나오는 주요 인물과 용어에 대한 간략한 소개를 부록 3에 별도로 실
   었다.

5. 2장 제목 "상처가 꽃이 되는 순서"는 정진규 시인의 시 '몸시 55-상처'에
   서, 5장 안의 제목 "사랑은 아무나 하나"는 가수 태진아의 노래(이건우·태
   진아 작사) 제목에서, 7장 제목 "가르친다는 건 희망을 노래하는 것"은 노
   래 '꿈꾸지 않으면(양희창 작사, 장혜선 작곡)' 가사에서, 맺음말 제목인 "사
   랑 후에 남는 것들"은 공지영·츠지 히토나리 작가의 소설 《사랑 후에 오는
   것들》에서 왔다.

머리말
생명수를 찾아서

9개월 동안 말을 하지 않고 지냈던 적이 있다. 당시 나는 휴학을 한 대학생이었다. 휴학 사유는 극심한 우울증. 죽지도, 살지도 못한 채 어둠에 갇혀 지내는 날들이 끝나지 않을 것 같은 장마처럼 길어졌다. 스스로를 괴물처럼 끔찍하다고 여겼고, 다시 친구들과 눈을 맞추며 대화를 하는 평범한 삶으로는 돌아갈 수 없을 거라 생각했다.

지독한 절망 속에서 나를 건져 올린 것은 그런 나의 아픔에 진심으로 공감해 주며 '너만 그런 게 아니야', '너는 너의 고통보다 큰 존재야'라는 걸 몸소 알려준 사람들이었다. 오 갈 곳 없던 나를 먹여주고 재워주었던 낯선 이에게서, 히말라야 오지에서 나를 반겨주며 미소 짓던 이에게서, 해바라기

5

꽃이 강물처럼 피어 흐르던 프랑스 시골길을 함께 걸어주었던 이들에게서 나는 다시 살아갈 힘을 얻었다.

우울과 자책에 빠져 허우적거리던 어느 날엔, 하와이 코나 섬에 살고 있는 수가 님과 통화를 했다. 수가 님은 울음 섞인 나의 말들을 가만히 듣다가 말했다.

"삶이 당신을 사랑한다는 걸 잊지 마세요."

이 말은 순식간에 태평양 바다를 건너와 내 가슴에 생명의 숨결을 불어넣어 주었다.

이처럼 홀로 내팽개쳐져 있다고 생각한 순간에도, 모든 걸 포기하고 싶었던 순간에도 나를 포기하지 않고 내게 빛과 사랑을 전해주는 이들이 있었다. 죽음의 문턱까지 다녀온 뒤 주어진 보너스와 같은 삶에서 나 또한 내가 받았던 그 빛과 사랑을 누군가에게 전하고 싶어졌다. "고통이 축복이고 아픔은 은혜"라는 말은, 고통과 아픔 가운데 있을 때는 저주처럼 들리던 말이었다. 하지만 고통과 아픔이 다른 이들과 마음을 연결해주는 통로가 되어주는 것을 경험하며 나는 그 말을 받아들이게 되었다.

교사가 된 후에는 교실에서 다양한 고통을 만났다. 아이들의 가슴속 상처를 마주할 때마다 내 마음에도 짙게 멍이 들었다. 어느 날 5학년 남자아이가 나를 찾아와

"선생님, 죽고 싶어요"

라고 말을 했을 때 나는 결심했다. 더 이상 슬퍼하고만 있지는 않겠다고. 아이들과 함께 눈물 흘리던 날들을 넘어 고통의 굴레에서 벗어나는 길을 찾겠다고.

깊은 고민 끝에 나는 교사를 그만두었다. 다시 학생이 되어 진정 우리가 배우고, 가르쳐야 할 것이 무엇인지를 공부하기로 했다. 책에서만 보던 사람들을 찾아가 궁금한 것들을 직접 질문했고, 국내외의 명상센터와 평화공동체에 머물면서 마음챙김을 배웠다. 마더 테레사 하우스와 꽃동네 등에서의 봉사활동, 호스피스 교육을 통해 삶과 죽음에 대해 깊이 사유했다. 대학원에서 심리상담을 전공하면서 다양한 심리 이론과 치유 기법을 공부했고, 교회에서 제자 훈련을 받고 매일 말씀을 읽으며 기도를 했다.

배운 것들을 일상에서 체화하고 실천하고자 노력해오며, 여러 강의와 교육 프로그램을 기획하고 진행하게 됐다. 이를 통해 아픔이 아픔을 안고, 외로움이 외로움을 달래고, 고통이 고통을 쓰다듬는 모습을 수없이 목격하면서 우리 사이에 흐르는 사랑의 힘을 실감했다. 일방적인 치유와 가르침은 없음을, 두 팔을 뻗어 다른 사람을 안는 것은 결국 나를 안는 일임을, 가르친다는 건 배우는 것임을 알게 되었다.

"달리아는 생명수를 찾으러 다녀온 바리데기 같네요."

2년 전, 댄비글방에서 어딘 김현아 작가님이 내 삶의 여정을 담은 글을 합평하며 말했다. 그 말에 눈물이 펑펑 쏟아졌다. 만나는 아이들이 고통에서 벗어나 행복하길 바라는 나의 간절한 마음이 모두를 살리는 생명수가 되면 좋겠다고 생각했다.

그날 이후 수업을 할 때면 씨앗이 가득한 들판에 물을 주는 것만 같은 기분이 들었다. 사랑이라는 이름의 물이 마르지 않고 샘솟기를 기도했다. 세상 모든 아이들의 비명이 웃음으로 바뀔 수 있기를. 세상 모든 아이들이 건강하고 행복하고 자유롭기를. 내가 이 지구에 살아 있는 동안 내쉬는 모든 숨이, 내가 하는 모든 말과 행동이 세상의 고통을 덜어내고 생기를 더하는 일이기를 바라며, 가슴 깊은 곳에서 퍼 올린 가장 맑은 물을 담아 세상으로 향했다.

그 물이 따뜻한 봄비가 되어 우리 안에 얼어 있던 마음을 녹일 수 있기를, 그 비가 모여 세상 곳곳을 굽이굽이 살피며 흐르는 사랑의 강물이 될 수 있기를, 그 강물이 세상의 아이들, 그리고 한때는 아이였던 모든 이들의 마음을 씻어주고 안아줄 수 있기를 기도한다. 매일 더 진실하고도, 간절하게.

언 땅을 녹이는 봄비 소리를 들으며,
달리아 이정현

차례

아이가 동쪽 하늘에 떠 있는 하얀 달 근처를
날아가는 새를 바라보다 물었다.
"엄마, 하늘의 새가 밤에는 별이 되는 거야?"
다시 몇 걸음 더 걷던 아이가 이번에는 땅으로 몸을 낮추고 앉아
개미를 바라보며 질문한다.
"개미에게 5분은 몇 분일까?"
처음 말을 하기 시작하면, 아이들은 주변을 둘러싼 모든 것들에 대해
질문을 쏟아낸다. 질문을 한다는 것은 그 대상이 궁금하다는 것이고,
그에게 다가가고 싶다는 것이다.
질문을 한다는 것은 사랑한다는 것이다.

1
우리를 살아가게 하는 것

—

젖은 마음을
말려주고 싶어서

—

✖

갑자기 비가 쏟아진 아침이었다. 학교 1층에 도착해 우산을 접고 엘리베이터를 기다리고 있는데, 6학년 여학생 한 명이 비를 쫄딱 맞은 모습으로 학교 건물로 뛰어 들어왔다. 긴 머리카락과 옷이 모두 젖어 있었다. 그 모습에 나는

"엄마한테 가방 주고, 몸 좀 말리자"

라고 말하며, 비에 젖은 아이의 가방을 받아 들었다. 나도 모르게 나와버린 '선생님'이 아닌 '엄마'라는 말에 우리는 잠시 당황하다가 서로의 눈을 바라보며 웃었다. 간밤에 뭔가 힘든 일이 있었는지 아이는 눈이 통통 부어 있었고, 우산도 챙겨 나오지 못한 듯했다. 나는 아이와 함께 어떻게 머리카락과 옷을 말릴 것인지 고민했다.

"옷이 젖어서 몸이 차가워지면 아플 수도 있으니까, 수건이랑 드라이기 찾아서 얼른 말리자. 아프면 안 돼."

아이는 갑자기 비를 머금고 있던 먹구름처럼 와락 눈물을 쏟아냈다. 그 모습에 나도 덩달아 코가 시큰해져서 아이에게 말했다.

"드라이기로 머리랑 옷 말리고, 언제든 하고 싶은 말이 있거나 따뜻한 코코아 마시고 싶으면 교과실로 쌤 찾아와."

아이는 눈물을 닦고 고개를 끄덕이며 교실로 들어갔다. 나는 아이의 뒷모습을 바라보며 아이의 젖은 몸과 마음이 어서 마르기를 기도했다.

비를 맞은 아이를 보내고서, 문득 대학교 1학년 장마 때의 일이 생각났다. 당시 나는 대학생이 되었지만, 기대와는 너무도 다른 대학 생활과 미래에 대한 고민들로 우울한 여름방학을 보내고 있었다. 그러던 어느 날, 편의점에 가려고 기숙사 밖으로 나왔는데 갑자기 폭우가 쏟아졌다. 우산까지 뚫고 내리치는 장대비에 온몸이 젖어버렸다. 하수구까지 넘쳐 흘러 도로가 물에 잠겼다. 걷기조차 쉽지 않았다. 겨우겨우 발걸음을 옮기며 학교 담장을 따라 걷는데, 담장 아래에서 작은 인기척이 느껴졌다.

비의 장막을 헤치고 가까이 다가가 보니 작은 새 한 마리가 있었다. 새는 담장 아래 버려진 작은 과자 상자 안팎을 오가며 비를 피할 곳을 찾고 있었다. 깜짝 놀란 나는 너무도 작은 그 새가 다치지 않도록 천천히 손으로 받쳐 올려 가방 안에 넣었다. 그런데 그 옆 작은 종이 상자 안에서 새 한 마리가 또 나왔다.

나는 놀란 마음을 가라앉히고, 두 마리의 작은 새를 가방에 담은 채 조심조심 걸어 건널목 맞은편에 있던 동물병원으로 들어갔다. 수의사 선생님은 찬찬히 새들을 살펴보더니 말씀하셨다.

"어린 참새네요. 아마 둥지에서 떨어졌거나 막 날기 시작한 새일 거예요. 아기 새가 이렇게 많이 젖으면, 평생 날지 못하거나 죽어요."

왠지 그 말이 꼭 나에게 하는 말 같기도 해서 울컥한 마음이 들었다. 어떻게든 나의 품에 안기게 된 그 새들을 살리고 싶었다. 수의사 선생님은 새를 말려주는 것 외에는 특별한 치료 방법이 없다고 하셨다. 마침 비가 조금 잦아들었다. 다시 두 마리의 새를 살그머니 가방 속에 담아 들고 동물병원에서 나와 학교로 향했다.

다행히 평소 그림을 배우고 그리던 미술관 강의실 한 곳이 방학 중 동아리 활동으로 열려 있었다. 그 안에 들어가 가방을 열어 조심스레 새들을 책상 위에 꺼내주었다. 새들은 기운이 없어서인지 몸을 거의 움직이지 못했다. 나는 휴지를

16

부드럽게 뭉쳐서 조심스럽게 새들을 닦아주고 난 뒤 이 새들이 다시 날 수 있게 해달라고 기도했다.

그 뒤로 한 시간쯤 지났을까. 새들과 함께 나도 젖은 몸을 말리며 앉아 있다 보니 눈꺼풀이 감기고 나른함이 몰려왔다. 그런데 그때 아기 새들이 조금씩 날개를 파닥이기 시작했다. 젖은 깃털이 마르면서 서서히 참새의 형태와 깃털 색을 되찾아 갔다. 그러더니 그중 한 마리가 한 책상에서 다른 책상으로 포르르 뛰어올랐다. 곧 두 마리 모두 날개를 파닥이며 이곳저곳을 날아다니기 시작했다.

때맞추어 빗줄기가 그치고 구름이 물러간 하늘에서는 햇살이 번져 나오기 시작했다. 다시 날갯짓을 시작한 새는 본능적으로 하늘로 뛰어들고 싶은 듯, 유리창 근처로 날아올랐다. 나는 기쁜 마음으로 창문을 활짝 열어주었다. 두 마리의 아기 새들은 다시 하늘로, 햇살 속으로 음표처럼 날아올랐다. 온 몸을 던져 날갯짓하는 아기 새들의 몸짓을 지켜보다 보니, 나도 함께 하늘을 나는 것만 같았다.

그 뒤로 십수 년이 지난 지금도 삶이 힘들거나 버거워질 때면 그날 두 마리 작은 새들의 날갯짓과 몸짓을 떠올린다. 그럴 때마다 다시 힘을 얻는다. 아기 새를 구함으로써 나는 구함을 받았다.

그 일이 있은 지 얼마 지나지 않은 때에 장영희 교수님의 책에서 이런 시를 읽었다.

> 만약 내가 한 사람의 가슴앓이를
> 멈추게 할 수 있다면,
> 나 헛되이 사는 것 아니리.
> 만약 내가 누군가의 아픔을
> 쓰다듬어 줄 수 있다면,
> 혹은 고통 하나를 가라앉힐 수 있다면,
> 혹은 기진맥진 지친 한 마리 울새를
> 둥지로 되돌아가게 할 수 있다면,
> 나 헛되이 사는 것은 아니리.[1]
> —에밀리 디킨슨, '만약 내가'에서

얼마 전 경험했던 일과 겹쳐서인지 시의 구절들이 가슴에 깊이 와닿았다. 그 이후로 아기 새들처럼 몸과 마음이 차갑게 젖어 있는 이들을 볼 때면 한껏 손을 뻗어 안아주고 싶은 마음, 따스한 품속에서 지켜주고 싶은 마음, 상처받고 외롭고 아픈 마음을 달래주고 싶은 마음이 든다. 특히 내가 만나는 아이들이 어린 나이에 받은 상처나 고통에 무너지거나 날개가 꺾이지 않기를 바란다. 그리고 그 마음이 나를 살리고, 살아가게 한다.

원래 그런 아이는 없다

새 학기 6학년 첫 수업을 하는데 책상에 엎드려 있는 아이가 있었다. 졸린 눈에 구부정한 자세의 아이는 또래보다 덩치도 작고 왜소해 보였는데, 교실 맨 뒷자리에 앉아 있었다. 혹시 아픈가 싶어서 가까이 갔더니 책상에 책도 꺼내놓지 않고 있었다. 당시 나는 담임이 아니고 교과 수업 교사였기에 아이에 대한 정보가 없었다. 아이에게

"무슨 일이 있니?"

라고 물어보았다. 그러자 근처에 앉아 있는 다른 아이들이 말했다.

"선생님, 얘는 원래 그래요. 원래 수업 시간에 책도 안 펴고, 필기도 안 해요. 작년에도 그랬고 예전부터 그랬어요."

아이들의 말을 들으면서 나는 책상 한편에 적힌 아이의 이름표를 보고서 자세를 낮춰 아이와 눈을 맞추며 말했다.

"민준아, 안녕? 나는 달리아 선생님이야. 우리 책 한번 펼쳐서 앉아볼까? 너는 할 수 있어."

그 말에 아이는 허리를 펴고 자세를 고쳐 앉았다. 나는 그 모습을 칭찬하며, 수업 시간 내내 아이가 책을 펴는 것, 연필을 잡는 것, 글씨를 한 자 한 자 쓰는 것을 가까이에서 지켜보고 격려했다. 아이가 진도에 맞게 책을 펴서 교과서의 질문에 답하는 문장을 썼을 때, 나는 같은 반 친구들에게 함께 박수를 치자고 했다. 그러면서 반 전체 아이들에게 얘기했다.

"원래 그런 아이는 없는 거야."

엉겁결에 박수를 받은 아이는 마치 꺼진 전구에 다시 불이 들어온 듯 반짝이는 표정을 지었다. 반쯤 감겨 있던 눈이 커지고, 콧구멍은 벌렁거리고, 입꼬리가 올라가는 모습을 지켜보며, 나는 아이 안에 있는 더 어린아이를 보고 있는 듯한 느낌이 들었다. 더 많이 사랑받지 못해서, 혹은 알 수 없는 상처로 인해서 어둠 속에 웅크리고 있던 어린아이가 천천히 빛을 향해 걸어 나와 나를 바라보고 있었다.

이후 아이는 쉬는 시간에 종종 교과실로 나를 찾아왔다. 그리고 몇 년 전 엄마와 아빠가 따로 살기 시작하면서 전학을 오게 된 이야기며, 자신이 좋아하는 게임 등에 대해서도 말해주곤 했다. 나는 아이를 볼 때마다 반갑게 안아주며 코코아를 타주거나 간식을 나눠주었다.

그 뒤로 아이는 수업 시간마다 먼저 책을 펴고 있었고, 손을 들어 발표를 하기 시작했다. 처음에는 질문과 관련 없는 엉뚱한 답변을 하기도 했지만, 나와 반 친구들의 격려와 칭찬 속에서 어눌했던 발음도 점차 나아졌다. 더 이상 책상에 엎드리지 않고 허리를 세우고 수업을 듣기 시작했다. 그런 아이를 보면서 마치 마른 땅에서 시들어 가며 축 처져 있던 꽃이 물기를 머금고 다시 줄기를 뻗어 생생한 꽃을 피워내고 있는 듯한 느낌을 받았다. 그러면서 "존재는 응시에 의해서 조각된다"[2]라고 쓴 정신분석가 이승욱 님의 글이 떠올랐다. 우리가 누군가를 원래 그런 사람이라고 편견을 가지고 바라본다면, 그 시선은 그 사람을 거기 가두고 굳어버리게 만드는 틀이 될 수 있다.

나 역시, 내가 불안과 우울로 힘들었을 때, 어떤 이들은 내게 삶이 끝난 것 같은 절망을 느끼게 했지만, 어떤 이들은 이를 넘어설 힘을 주었다. 이 둘의 차이는 나를 바라보는 시선과 마음에 있었다. 선재 님이라는 상담 선생님은 "불안과 우울은 더 큰 창조로 나아가는 길에서 겪는 과정"이라는 말씀으로 내가 고통을 넘어 성장할 수 있도록 해 주셨다. 이를 통해 나는 누군가가 힘든 모습을 보일 때면 섣부른 진단과 판단에 앞서 고통의 뿌리와 그 너머의 가능성을 보고자 노력하게 되었다.

특히 몸과 마음이 유연한 아이들의 변화를 수없이 지켜보면서 아이들을 선입견 없이 바라보는 것이 얼마나 중요한지를 느껴왔다. 인간은 누구나 조건과 상황에 따라 변화할 수 있는 존재이다. 나는 오늘도 어떤 아이를 원래 그런 아이로 낙인찍거나 포기하는 것은 변화의 가능성을 닫아버리는 것임을 기억한다. 그리고 다짐한다. 아이들의 작은 변화에도 격려를 아끼지 않기로, 그리고 아이들이 있는 그대로 존중받을 수 있도록 편견 없이 바라보기로. 그리고 아이들을 바라보는 나의 눈과 마음이 굳어버리거나 치우치지 않기를 바라며 여러 거울들에 나를 비추어 본다.

최근에 수업 자료를 찾다가 지브리 애니메이션 작곡가이자 피아니스트인 히사이시 조의 오케스트라 지휘 영상을 보면서 나를 돌아보게 되었다. 히사이시 조는 바이올린처럼 섬세한 소리를 내는 현악기를 지휘할 때, 트럼펫처럼 소리가 큰 관악기를 지휘할 때, 북이나 타악기를 지휘할 때, 솔로 연주와 반주를 지휘할 때 모두 다른 자세와 표정, 손짓으로 합주를 이끌어갔다. 두 팔과 가슴으로 오케스트라 단원들을 모두 품은 듯한 자세로 밝게 웃으며 춤을 추듯 지휘를 하는 모습에 감탄이 절로 나왔다.

그 모습을 보며 교사도 오케스트라 지휘자와 비슷한 면이 있다고 생각되었다. 모든 악기의 각기 다른 소리를 하나의 아름다운 음악으로 빚어가는 지휘자처럼, 저마다 다른 아이들의 특성을 살리면서도 서로 어우러질 수 있도록 조율해가는 교사가 되고 싶다는 마음이 들었다. 모두가 자신만의 고유성을 피워내면서도 함께 조화를 이루어 가는 수업은 단순한 지식 전달을 넘어 예술이 될 것이라는 생각에 가슴이 두근거렸다.

이를 위해 모든 아이들의 드러난 모습 너머에 존재하는 가능성과 아름다움을 볼 수 있는 눈과 마음을 잊지 않고자, 가슴속에 오래도록 품고 있는 기도문을 꺼내어 읽는다.

"씨앗에서 나무를, 알에서 새를, 고치에서 나비를 보게 하소서."[3]

—

빛의 격려

—

✖

초등학교 3학년 준영이는 백혈병을 앓고 있었다. 1학년 때 발병한 뒤로 몇 차례의 항암 치료를 받았다고 했다. 난치병을 앓는 아이들의 경우 수술이나 투병으로 학습 결손이나 지연이 많을 수밖에 없는데, 준영이는 교과서에 나오는 문제들을 어렵지 않게 척척 풀어냈다. 그런데 수업 시간에 글을 읽거나 발표를 할 때 외에는 거의 말이 없었다. 초록빛이 돌 만큼 하얀 준영이의 얼굴은 마치 가면이라도 쓴 듯 항상 무표정하게 굳어 있었다.

그해 나는 준영이를 포함해 20여 명의 난치병 아이들을 가르치고 있었다. 매일 일반 학교에서 배우는 것과 같은 과목들을 가르쳤고, 일주일에 한 번은 자유로운 주제로 수업할 수 있는 시간이 있어서 아이들을 위한 심리 치유 프로그램을 진행했다. 학기 초에는 이 시간을 이용해서 주로 그림을 그렸는데, 준영이는 옆으로 누워 있는 나무를 그렸다. 나무에는 가시가 돋쳐 있었다. 나는 준영이의 그림에서 어딘가 지쳐 있고 뾰족한 아이의 마음을 그대로 느낄 수 있었다.

이후의 시간에는 아이들과 함께 숨을 깊이 들이마시고 내쉬면서 몸에 쌓인 긴장을 풀거나, 자신의 마음을 날씨에 비유해서 표현해 보기도 하였다. 가장 기쁘고 행복했던 순간들을 떠올려 그림을 그리는 활동도 이어 나갔고, 어느 날에는 "내가 사랑을 느낀 순간"을 주제로 조소 작품을 만들었다. 준영이는 찰흙을 두 덩이로 나누더니 한 덩이는 작게, 한 덩이는 크게 만들었다. 그러고는 두 개의 찰흙 덩이를 빚어서, 척수 주사를 맞고 난 통증으로 몸을 구부정하게 굽히고 있는 자신과 그런 자신의 어깨에 두 손을 얹어 위로하고 있는 엄마의 모습을 완성했다.

준영이의 작품을 보면서, 어릴 적 천식이 심해서 밤마다 숨을 제대로 쉬지 못하는 나를 밤새 비스듬히 안고 계셨다던 엄마가 떠올랐다. 그리고 내가 깊은 우울증으로 몇 달 동안 아무것도 못 하고 있을 때 아무 말 없이 손을 잡아주던 친구도 떠올랐다. 내가 힘들거나 포기하고 싶었을 때 나를 포기하지 않았던 사람들이 있었기에 나는 삶을 이어갈 수 있었다. 그렇게 "사랑해"라는 말이 "살아야 해"로 들리던 때가 있었다.

준영이 외에 다른 아이들도 찰흙으로 수술을 하고 누워 있는 자신을 지키고 돌봐주는 아빠의 모습을 만들거나, 엄마 품에 쏙 들어가 안겨 있는 자신의 모습을 표현했다. 나는 아이들이 완성한 작품들을 바라보면서 말했다.

"내가 나 자신에게 언제든지 이런 사랑을 주고, 돌봐주고, 위로할 수 있다면 어떨까?"

그러자 평소 느낌이나 마음을 거의 나누지 않던 준영이가 작은 목소리로 말했다.

"음, 태어나서 처음 느껴본 감정이에요."

"그래? 준영아, 시간이 걸리고 어렵더라도 비유 등을 사용해서 한 번 더 얘기해 볼까?"

다시 내가 말했다. 그랬더니 준영이는

"열쇠 없이 갇혀 있던 방의 벽을 뚫고 나온 느낌이에요"

라고 얘기했다.

심리 치유 프로그램 수업을 진행한 지 세 달 정도가 흘렀을 때였다. 누워 있던 준영이의 나무가 세워져서 하늘을 향해 뻗어갔다. 그런데 나무의 나뭇가지들이 짧게 가지치기를 한 가로수처럼 끝이 뭉텅하게 잘려 나간 모습이었다. 나는 준영이에게 그림을 그리면서 어떤 마음이 들었는지 물어보

았다. 준영이는

"다시 학교로 돌아가 예전처럼 축구를 할 수 있을지, 잘 생활할 수 있을지 모르겠어요. 저만 시간이 멈춘 것 같아요" 라고 대답했다. 준영이의 말에 함께 수업을 듣던 호영이가 말했다. 호영이는 대퇴골두 무혈성 괴사로 제대로 걷지 못하는 아이였다.

"준영아, 축구 말고도 할 수 있는 거 많아. 세상에 재미있는 게 얼마나 많다고!"

지민이가 호영이의 말에 한 마디 더했다.

"맞아! 준영이는 수학도 엄청 잘하잖아. 너 학교 가도 완전 잘할걸?"

아이들의 말에 준영이가 웃었다. 늘 돌처럼 굳어 있던 얼굴이 별처럼 빛나는 순간이었다.

그해 9월이 되었을 때 준영이의 그림에는 땅에서 힘 있게 돋아나는 새싹이 등장했다. 2학기 말이 되었을 때 준영이는 구름 사이로 모습을 드러낸 선명하고 커다란 태양과 그 태양을 향해 두 팔을 높이 펼친 듯 힘차게 가지를 뻗은, 잎이 풍성한 나무 두 그루를 그렸다.

달라진 아이의 그림을 보고서 나도 모르게 "와!" 하고 탄성이 터져 나왔다. 그림에는 준영이의 변화가 그대로 담겨 있었다. 목소리도 커지고, 얼굴에 생기가 돌고, 소리 내어 웃기도 하는 준영이는 학기 초와 같은 아이라는 게 믿기지 않을 정도로 달라져 있었다.

1년에 걸쳐 일어난 준영이의 변화를 지켜보면서, 누워 있던 나무의 기둥을 다시 일으켜 세우고, 잘려 있던 가지를 다시 뻗어낸 생명력의 원천에 대해 생각하게 되었다. 준영이의 그림을 몇 번이나 다시 바라보다 보니 좋아하는 시 한 편이 떠올랐다.

> 장미는 어떻게 심장을 열어
> 자신의 모든 아름다움을 세상에 내주었을까?
> 그것은 자신의 존재를 비추는 빛의 격려 때문
> 그러지 않았다면 우리 모두는
> 언제까지나 두려움에 떨고 있을 뿐[4]
> —하피즈, '모두 다 꽃'에서

한 송이 꽃이 피기까지, 한 그루의 나무가 자라기까지 햇빛의 격려와 땅의 지지와 바람의 위로와 비의 응원이 필요하듯, 때때로 무너지는 우리의 삶을 일으켜 주며, 어둠 속에서도 빛을 비춰주는 존재들이 있다. 나 역시 빛의 격려 덕분에 살아왔다.

남은 생은 내가 받은 그 빛을 아이들에게 전하며 살고 싶다. 어둠 속에서 두려움에 떨고 있는 아이들이 마음을 열어 피어날 수 있도록, 이 땅에 굳건하게 발 디디며 곧게 서서 두 팔을 하늘로 뻗을 수 있도록.

—

선생님,
봄비는 청소기 같아요

—

✖

어느 봄날이었다. 출근하는 길에 비가 내렸다. 봄비를 맞으며 더 진하게 색과 향을 뿜어내는 꽃들을 바라보다 수업을 시작했다. 마침 봄에 대한 시를 읽는 국어 시간. 아이들에게 교과서의 시를 읽기 전에 함께 봄비 소리를 들어보자고 했다. 아이들과 나는 잠시 모든 말을 멈추고, 창밖에서 나는 봄비 소리에 귀를 기울였다. 창에 부딪히며 튕겨 나가는 빗방울 소리와 주르륵, 쏴아 흘러내리는 봄비 소리가 다양한 음률이 되어 흐르고 있었다. 빗방울이 바람에 날리거나 창문에 미끄러지는 모습은 마치 군무라도 펼쳐내는 듯 다채로웠다.

눈을 감고 집중해서 봄비 소리를 듣던 지윤이가 천천히 눈을 뜨더니 말했다.

"선생님, 봄비는 청소기 같아요. 세상과 우리 마음속 먼지와 찌꺼기를 깨끗이 씻어주니까요."

지윤이는 척수성 근위축증을 앓고 있는 여덟 살 아이였다. 의자에 바르게 앉아 있기가 어려워서 휠체어에 비스듬히 기대어 수업을 들어야 했고, 수업 시간에 자꾸만 끓는 가래를 뱉어내야 할 정도로 호흡이 편치 않았다. 옆에서 도와주는 사람 없이는 수업 듣는 것 자체도 어려웠다. 그런 지윤이가 한 말이 너무나도 귀해서 나는 잠시 할 말을 잃고, 그 말을 음미했다.

지윤이는 그 뒤에도 가능한 모든 수업에 열심히 참여했다. 특히 국어 수업 시간에 나오는 다양한 글들을 읽고 쓰는 것을 좋아했다. 나중에 동화 작가가 되는 게 꿈이라고 했다. 지윤이는 한 학기 수업이 끝나던 날,

"선생님, 저 내일 호흡기 떼러 가요! 선생님이랑 많이 웃으며 즐겁게 공부해서 더 건강해진 것 같아요"
라며 모란처럼 활짝 웃었다. 그 예쁜 모습에 나는 다시 한번 넋을 잃고 아이를 바라보았다. 어린 나이에 희귀병을 앓고 있는 아이들을 가르치면서 처음에는 '극심한 고통을 겪으며 생사를 오가는 아이들이 얼마나 힘들까?' 하는 생각을 했다. 하지만 얼마 지나지 않아 그런 아이들에게서 생명의 경이로움과 강한 힘을 느끼게 됐다. 골수 이식이나 머리 절개 같은

큰 수술을 받기도 하고, 독한 약물과 주사로 머리카락이 빠지고 힘이 없을 때도 있지만, 몇 년 동안 내가 만났던 아이들은 결코 고통과 죽음의 그림자 속에만 머무르지 않았다.

아이들은 작은 것들에도 깔깔거리며 웃고, 소소한 배려에도 감사하며, 누구보다도 즐겁게, 행복하게 지내는 모습을 보여주었다. 매 순간을 그 자체로 온전히 살았다. 아이들에게는 고통을 딛고서 하나라도 더 배우려는 의지, 성장하고자 하는 본능, 그리고 지금의 시간을 사는 능력이 있었다. 나는 그런 아이들과 지윤이를 통해 '아이들 안의 상처를 씻어주고, 아이들 안의 씨앗을 일깨우는 봄비 같은 존재가 되고 싶다'는 생각을 했다.

수업을 위해 오가던 학교 건물 앞에는 키가 큰 목련 한 그루가 있었다. 그날 수업을 마치고 집에 가려고 건물 입구에서 우산을 펴는데, 며칠 전 흐드러지게 피었던 목련 꽃잎들이 바닥에 떨어져 있었다. 그리고 꽃이 진 자리에 새잎이 돋아나고 있었다. 나이가 많은 나무에서도 해마다 새롭게 돋아나는 연둣빛 잎은 아이들과 닮아 있었다. 나는 나무 앞에 잠시 멈춰 서서 끊임없이 변화하는 생명의 순환을 느껴보았다. 겨우내 앙상했던 나뭇가지마다 싹이 움트고, 꽃봉오리가 맺히고, 꽃이 피어나고… 꽃이 진 자리에서 새롭게 돋아나는 잎을 바라보다, 문득 이 구절이 떠올랐다.

(세월이 흐르면) 미운 사람도 사라질 것이요
좋아하는 사람도 사라질 것입니다.
나도 또한 사라질 것이니
이와 같이 모든 것이 없어질 것입니다.

꿈을 꾼 것이나 다름없이
내가 좋아했고, 쓰던 물건 어떤 것들도
기억으로만 남을 진데
지나간 모든 것은 다시 볼 수 없게 됩니다.[5]
―샨티데바,《입보리행론》에서

　세상의 모든 것은 변하고, 사라진다. 수십 년, 수백 년 후
엔 꽃이 피고 지던 나무도 사라질 것이다. 우리의 삶, 그리고
삶 속에서의 관계나 역할도 늘 변한다.
　'모든 것이 사라진다면, 우리 삶엔 과연 무엇이 남을까?'
　그것은, 단연코, 우리 가슴에 피어난 사랑의 꽃들이라고.
그러니 얼마 남지 않은 생의 순간순간, 우리 자신, 그리고 함
께 생을 살아가는 모두를 사랑하며 살아가자고 말하고 싶다.
나무 위에 핀 꽃들에 눈을 맞추듯 이 글을 읽으며, 나와 생의
숨결을 나누고 있는 당신의 두 손을 꼭 잡고서.

—

질문을 한다는 건
사랑한다는 것

—

✖

며칠 전 오후, 둘째 아이 어린이집 하원길이었다. 아이가 동쪽 하늘에 떠 있는 하얀 달 근처를 날아가는 새를 바라보다 물었다.

"엄마, 하늘의 새가 밤에는 별이 되는 거야?"

다시 몇 걸음 더 걷던 아이가 이번에는 땅으로 몸을 낮추고 앉아 개미를 바라보며 질문한다.

"개미에게 5분은 몇 분일까?"

어린아이에게 질문은 일상이다. 처음 말을 하기 시작하면, 아이들은 주변을 둘러싼 모든 것들에 대해 질문을 쏟아낸다.

"이게 뭐야?"라고 시작한 질문은 "왜?", "어떻게?"로 확장

된다. 그 질문을 따라 아이들은 사물과 생명의 이름뿐 아니라, 세상의 원리와 법칙에 조금씩 가까이 다가간다. 질문을 던지는 아이들은 경이로움의 세계에서 살아간다. 물음표를 잡아당기면 구부러진 선이 직선으로 펴지면서 느낌표가 되듯이, 마음에 품었던 질문이 풀리고 답을 찾는 순간 "아하!" 하는 내면의 감탄이 폭죽처럼 터져 나온다.

질문을 한다는 것은 그 대상이 궁금하다는 것이고, 그 대상에 다가가고 싶다는 것이다. 우리가 누군가에게 관심이 있거나 누군가를 사랑하게 되면 그 사람이 좋아하는 옷 스타일, 음식, 잠버릇, MBTI나 더 어린 시절의 모습 등 그 사람에 대한 질문이 계속 생겨난다. 질문을 한다는 것은 사랑한다는 것이다.

그런데 언젠가부터 우리는, 우리의 본능과도 같은 질문하는 능력을 잃어가고 있다. 질문이 사라진 일상은 관성처럼, 습관처럼 굴러간다. 사랑이 없는 삶이 그렇듯, 다채로웠던 세상은 단조롭고 지루하게 변해버린다. 반면 질문을 품고 있는 사람들은 끊임없이 미지의 영역으로 나아가면서, 세상을 변화시킨다. 떨어지는 사과를 보다가 만유인력의 법칙을 발견하고, 달과 화성을 바라보다가 우주선을 만들어 내고, 아픈 사람을 보고서 치료할 약을 개발한다.

교사로서 아이들을 만날 때 중요하게 생각하는 게 있다

면 바로 이 '질문하는 힘', '질문을 던질 수 있는 용기'를 길러주는 것이다. 그래서 첫 수업부터 아이들에게 많은 질문을 던진다. 수업 과목이나 주제와 연결해서, '나는 무엇인지?', '내가 가장 행복한 순간은 언제인지?', '내가 가장 좋아하는 옷 스타일은 무엇인지?'…를 때로는 추상적으로, 때로는 구체적으로, 크고 작은 질문들을 던진다. 그리고 아이들에게 과제도 내준다. '내 주변에서 가장 궁금한 것은 무엇인가?', '내가 이 세상에서 가장 아름답다고 느끼는 것은 무엇인가?' 등의 질문에 대한 자신만의 답을 찾아오면, 그것을 친구들과 함께 나누고, 때론 더 깊이 탐구할 기회를 준다.

최근에는 5학년 과학을 가르치면서, 탐구 문제를 설정하고 해결해 가는 교과서 차시에서 각자가 가져온 질문 중 몇 개를 선정해서 조별로 탐구하고 발표하는 수업을 했다. 아이들은 "오빠 얼굴에는 왜 여드름이 생길까?", "사람은 왜 졸릴까?", "움직이는 버스 안에서 점프하면 왜 뒤로 가지 않을까?", "과속방지턱은 무슨 원리일까?", "왜 머리카락은 매듭으로 묶을 수 없을까?" 등의 생활 속 질문부터 "어떤 흙에서 식물이 잘 자랄까?", "고양이는 어떻게 착지를 잘할 수 있을까?", "별은 어떻게 빛이 날까?", "블랙홀 안에는 무엇이 있을까?"라는 주변의 생물과 생명, 우주에 대한 질문, 그리고 "인류는 어떻게 태어났을까?"라는 근본적이고 철학적인 질문까지 다양한 주제로 탐구를 시작했다.

　나는 그 질문들 속에서 아이들 안의 시인을, 과학자를, 철학자를, 거인을 만난 느낌이었다. 아이들의 발표 자세와 태도는 매우 진지했고, 시키지도 않았는데 프레젠테이션 발표 자료를 만들어 오거나, 간이 실험을 하거나, 전문 서적 등에서 자료를 발췌해 나누기도 했다.

　수업 후 소감을 물었을 때 질문에 대한 답을 찾아가는 과정과 준비 과정이 너무나 재미있었다는 아이들의 대답을 듣고서, 수업 목표를 제대로 달성했다는 느낌이 들었다. 궁금한 것들을 알아가고 탐구해 가는 공부가 재미있다는 사실을 알게 된 아이들은 계속해서 흥미와 호기심을 가지고 질문을 던져나갈 수 있을 것이기 때문이다. 그럴 때 아이들은 기존 지식을 수동적으로 답습하지 않고, 주체적으로 자신의 생각과 의견을 발전시켜 나갈 수 있게 된다.

　질문하는 수업을 마무리할 때면 아이들과 함께 '우리는 질문하다가 사라진다'라는 파블로 네루다의 시를 소리 내어 함께 읽는다.

　　도마뱀은 어디서
　　꼬리에 덧칠할 물감을 구할까
　　…

새들은 어디에서 마지막 눈을 감을까

…

우리가 아는 것은 한 줌 먼지만도 못하고

추측하는 것만이 산더미 같다

그토록 열심히 배우건만

우리는 단지 질문하다 사라진다[6]

마지막 구절을 읽을 때면 어김없이 교실 여기저기에서 감탄사가 터져 나온다. 그 모습을 보다가 나는 대학 때 들었던 우리말로 철학을 하시는 이기상 교수님의 강의가 떠올랐다. 교수님께서는 "'젊은이'는 '저를 묻는 이', '늙은이'는 '늘 그런 이'"라고 말뜻을 풀이하시면서, "나이에 상관없이 가슴에 질문을 품고 사는 사람이 '젊은이'"라고 말씀하셨다.

나는 학생들에게 질문을 품고 사는 것의 중요성을 강조하면서, 함께 젊은이로 살아가자고 한다. 그리고 내가 가진 질문들이 당장 풀리지 않더라도 그것을 계속 품어보자고 말한다.

마음속의 풀리지 않는 모든 문제들에 대하여

인내를 가지라.

문제 그 자체를 사랑하라.

지금 당장 해답을 얻으려 하지 말라.

그건 지금 당장 주어질 순 없으니까.

중요한 건

모든 것을 살아 보는 일이다.

지금 그 문제들을 살라.

그러면 언젠가 먼 미래에

자신도 알지 못하는 사이에

삶이 너에게 해답을 가져다 줄 테니까[7]

─라이너 마리아 릴케, '젊은 시인에게 주는 충고'에서

릴케의 글처럼 마음속 질문들이 우리의 삶이 되고, 길이 되고, 빛이 되는 것을 수없이 지켜봐 왔기 때문이다. 질문한다는 것은 우리가 무언가를 사랑하는 것을 포기하지 않는 것이기 때문이다.

"이럴 때일수록 자신을 소중히 돌봐주고,
안아주고, 사랑해 주세요. 꽃봉오리도 자신을 꼭 끌어안은
뒤에야 활짝 피어날 수 있잖아요.
달리아는 지금 꽃봉오리의 시간을 보내는 거예요."

2

상처가 꽃이 되는 순서

—

너는 돌멩이니,
씨앗이니?

—

✖

아이들에게 종종 이렇게 묻곤 한다.

"너는 돌멩이니, 씨앗이니?"

예상치 못한 질문에 아이들은 쉽게 대답하지 못하고 눈을 휘둥그레 뜨고 나를 쳐다본다. 그때 나는 칠판에 작은 점 두 개를 찍고 다시 묻는다.

"크기가 비슷한 돌멩이와 씨앗이 있다면, 이 둘을 어떻게 구분할까?"

교실에 잠시 침묵이 흐른 뒤, 아이들이 한두 명씩 손을 들고 대답한다.

"씨앗은 살아 있어요."

"씨앗 안에는 생명이 있는데, 돌 안에는 돌이 있어요."

"돌멩이는 차가운 느낌인데, 씨앗은 따뜻한 느낌이에요."

"씨앗 안에는 꽃도 있고, 나무도 있어요."

아이들의 말을 차례로 듣고 나서, 나는 다시 아이들에게 묻는다.

"너희 안에는 무엇이 있니? 너희는 어떤 씨앗이니?"

그리고 아래의 글을 들려주거나 함께 읽는다.

> 대부분의 사람들은 씨앗으로 살아간다. 씨앗으로 남아 있을 때 안전하고, 편하다고 느끼기 때문이다. 그런데 씨앗에 머물러 있는 한, 그것은 길 위의 조약돌처럼 생명력이 없다. 새가 광활하고 위험한, 그러나 모든 것이 가능한 하늘로 날아오르기 위해서는 알을 깨고 나와야 하는 것처럼 씨앗의 운명은 씨앗에 머무는 것이 아니라, 그것에서 나오는 것이다.[8]
>
> —라즈니쉬 오쇼

때론 아이들에게 씨앗이 되어보자고 한다. 몸을 동그랗게 웅크려 작게 만들고서, 껍질에 싸인 채 흙 속에 묻혀 있는 상상을 해보는 것이다. 교실의 전등을 모두 끄고 블라인드도 내려 깜깜한 분위기를 연출한 뒤, 아이들에게 직접 쓴 짧은 동화를 읽어주며 상상 속으로 더 깊이 빠져들 수 있도록 안내한다.

나는 깜깜한 어둠 속에 있어요. 나를 둘러싼 세상은 딱딱하고 단단해요. 그래서 나는 내가 돌멩이라고 생각했어요. 춥고 시린 날들이 이어져 나는 내 안으로 더욱 움츠러들었어요.

그런데 어느 날, 누군가 '똑똑' 하고 나를 두드렸어요. 부드러운 손길이었어요. 그는 다정하게 말을 걸어왔어요.

"안녕, 이제 깨어날 시간이란다."

"'깨어날 시간'요? '깨어난다'는 게 뭐예요?"

"그건, 눈을 뜨고 세상으로 나아가 나로 살아간다는 거지."

"'나'는 무엇인가요?"

"그건 네가 깨어나면 알게 된단다."

두드림이 깊어질수록 차갑게 얼어 있던 땅은 따뜻하고 촉촉해졌어요.

"당신은 무엇인가요?"

"나는 비란다."

"비요?"

"응, 우리는 하늘에서 땅으로 내려와 생명을 깨우고 씻어주고 살려내면서, 강으로 바다로 여행하다 다시 하늘로 돌아가지. 나는 봄에 내리는 따뜻한 비니까, '따비'라고 불러주렴."

따비는 그렇게 이야기를 마치고, 다시 여행을 떠났어요.

따비의 손길이 닿은 내 몸은 말랑말랑해졌어요. 나는 다리를 힘껏 아래로 밀어보았어요. 그랬더니 나를 둘러싸고 있던 껍질 아래로 수염 같은 뿌리가 뻗어 나왔어요. 나는 다시 용기를 내어 두 손을 위로 쭉 뻗어보았어요. 껍질을 뚫고 두 손이 밖으로 나오니까, 무언가 밝고 따뜻한 기운이 느껴졌어요. 나는 있는 힘껏 그곳으로 몸을 뻗었어요. 그리고 마침내 흙 밖의 세상으로 나오게 되었어요.

그곳은 지금껏 보지 못했던 것들로 가득했어요. 나처럼 막 땅에서 나온 친구들이 어리둥절한 표정으로 주위를 둘러보고 있었어요.

나는 새로운 모든 것들이 조금 두렵기도 했지만, 너무나 신기했어요. 햇볕을 쬘 때면 내 몸은 하늘로 더 뻗어 나갔고, 바람이 불어올 때면 몸이 춤추듯 흔들거렸어요. 달빛과 별빛은 소곤소곤 오래된 이야기들을 들려주었어요.

그렇게 줄기가 길어지고, 잎들이 자라나던 어느 날, 줄기 끝에 작은 몽우리가 맺혔어요. 간지럽고 낯선 느낌에 어쩔 줄 몰라 하고 있을 때 다시 따비가 찾아왔어요.

"이제 곧 피어날 시간이란다. 그 전에 스스로를 꼭 안아주렴. 그렇게 너 자신을 돌보고 아끼면서 네 안에 사랑을 가득 채우면 어느 날 모든 것이 저절로 열리게 될 거야."

나는 조금 무섭기도 했지만, 따비의 말을 따라 나를 꼭 안왔어요. 내 안에서 따뜻하고 뭉클한 무언가가 차오르고, 또 차오르기 시작했어요. 그러다 그것이 넘치고 넘쳐서 터질 것만 같을 때 내 가슴이 활짝 열렸어요.

"와, 아름다운 꽃이구나!"

예쁜 날개를 지닌 나비들과 귀여운 벌들이 나를 보고 감탄했어요.

"내가 꽃이라고?"

나비와 벌들은 나에게 다가와 꿀을 맛보고 꽃가루를 담아 갔어요.

며칠 뒤, 꽃잎이 하나둘 떨어지기 시작했어요.

"꽃잎들이 사라지면 나는 뭐가 되는 거지?"

나는 불안하고 혼란스러웠어요. 그때 따비가 나타났어요.

"괜찮아. 다시 모든 게 새롭게 시작될 거야. 흐름에 너를 맡겨 보렴."

따비가 말을 걸며 나를 깨끗하게 씻어주었어요. 두려웠던 마음이 씻겨진 자리에 설렘과 희망이 차올랐어요. 꽃이 진 자리에는 씨앗들이 맺혔어요. 나는 아이를 안고 있는 엄마처럼 씨앗들을 품고 있었어요. 씨앗들은 바람을 타고, 빗줄기를 타고 세상으로 나아갔어요. 나는 따비처럼 온 세상을 여행하는 씨앗이고, 새싹이고, 줄기이고, 잎이고, 꽃이에요. 이제 나는 알아요. 돌고 도는 생명의 흐름 속에서 나는 피어나고 또 피어날 것이라는 사실을요.

이야기가 끝나면, 빗소리를 연주할 수 있는 '레인 스틱'이
나 녹음해 두었던 빗소리를 이용해서 아이들이 실제로 빗속
에 있는 것처럼 느끼도록 해 준다. 그런 다음 오랜 잠에서 깨
어난 새싹처럼 아이들에게 다리를 펴서 뿌리를 내려보자고,
고개를 들고 천천히 몸을 펼쳐보자고 말한다. 그러면 아이들
은 씨앗 껍질과 흙을 밀고 나온 새싹이 된 것처럼, 기지개를
켜듯 몸을 쭉 펴고 눈을 떠 세상을 바라본다. 이때는 꺼 두었
던 교실 조명을 다시 하나씩 차례로 켜서, 씨앗 속에서 나올
때, 어두웠다가 점점 밝아지는 빛의 변화를 느낄 수 있도록
한다.

이렇듯 이야기와 함께 상상하고 움직인 뒤에는 아이들에
게 씨앗에 관한 그림책을 읽어주거나 동영상을 보여준다. 그
러면서 나라는 씨앗은 무엇인지, 그리고 그 씨앗 속에는 무
엇이 잠자고 있는지 살펴보게 한다.

수업 시간이 충분할 때는 씨앗이 자라나는 과정을 영상
으로 보여준 뒤, '씨앗의 꿈'이라는 노래를 들려준다.

사과 속의 씨앗은 셀 수 있지만
씨앗 속의 사과는 셀 수 없듯이

지금은 비록 우리의 꿈은 모두 볼 수 없지만

우리가 힘써 가꾸어 갈 때 모두가 보게 될 거야[9]

—민경찬 작사 · 작곡, '씨앗의 꿈'에서

이러한 활동 속에서 아이들은 자연스럽게 자신 안에 무한한 잠재력이 있음을, 당장은 눈에 보이지 않더라도 내 안의 씨앗들이 언젠가 싹을 틔우고, 꽃을 피우고, 열매를 맺을 거라는 걸 느끼게 된다.

수업을 마무리할 때는 '나라는 씨앗', '내 안의 씨앗'이라는 주제로 그림을 그린다. 글로 써 볼 수도 있지만 그림으로 그리면 더 직관적이고 자유로운 표현이 가능하다. 그림을 그릴 때면 몰입을 돕기 위해 주제에 어울리는 피아노 연주나 동요를 들어준다. 그림을 완성하고 나면 함께 서로의 작품을 감상하는 시간을 가지면서, 서로 안의 씨앗들이 잘 싹트고 자라날 수 있도록 응원하는 말들을 나눈다.

나는 이 수업을 유아부터 성인까지 다양한 연령대를 대상으로 진행해 오고 있다. 매번 모두가 집중해서 여러 활동에 진지하게 참여하는 모습이 인상적이었다. 그것은 아마도 우리가 평생에 걸쳐 자신의 존재를 피워내는 여정 속에 있기 때문이 아닐까.

수업 후에 아이들이나 참가자들의 그림을 다시 한번 찬

찬히 바라보다 보면, 늘 '아름답다'는 표현이 떠오른다. '아름답다'는 단어는 내 안의 씨앗을 깨고 나오는 '앓음'이라는 단어에 뿌리를 두고 있다고 한다. 그리고 두 팔을 한껏 뻗어야 안을 수 있는 아름드리나무라는 표현처럼 '아름답다'에는 '한껏 나답다'라는 뜻도 있다.

대학생 때 처음으로 '아름답다'의 어원을 알게 된 뒤, 새싹이나 꽃을 볼 때면 그 보드랍고 연약한 싹과 잎이 어떻게 단단한 껍질을 깨고 나왔을까 싶어서, 그 과정이 아프게 느껴지기도 했다. 하지만 우리가 꽃을 보면서 '아름답다'고 느끼는 건 변화를 두려워하지 않고 한껏 나다운 색과 향을 피워냈기 때문이다. 그렇기에 나 또한 앓음을 넘어 '아름답게', '나답게' 최대치로 나를 피워내며 살기로 했다.

더불어 나와 연결되어 있는 모두가 각자 나답게 피어날 수 있기를, 그러함으로써 이 지구를 아름다운 꽃밭으로, 풍요로운 숲으로 만들어갈 수 있기를 소망한다.

—

가시에서 꽃으로

—

*

눈먼 손으로
나는 삶을 만져보았네
그건 가시투성이였어

가시투성이 삶의 온몸을 만지며
나는 미소 지었지
이토록 가시가 많으니
곧 장미꽃이 피겠구나 하고[10]
—김승희, '장미와 가시'에서

4학년 민수는 폭탄 같은 아이였다. 친구들에게 소리를 지르며 욕을 하고 침까지 뱉곤 했다. 수업 시간에 가위로 종이를 오리는 활동을 하다가 갑자기 그 가위로 책상을 수차례 세게 내려찍기도 하고, 한 번 화가 나면 보이는 것들마다 닥치는 대로 마구 집어 던지거나 주변의 친구들을 때리기까지 했다. 말로는 주체가 되지 않아서 어른 두 명이 아이의 두 팔을 하나씩 잡고서 제지해야만 할 정도였다.

그런 민수를 만난 곳은 교육청의 학교폭력 예방 교육 프로그램에서였다. 나는 민수가 화를 내며 하는 말을 유심히 듣다가

"야, 이 ○○야, 나가 죽어버려"

라는 말에 온몸과 마음이 굳어버리는 것만 같았다. 그건 분명 민수가 누군가에게 들었던 말일 것이라 생각하니 심장이 덜컥 내려앉았다. 민수처럼 학교 안이나 밖에서 거친 말을 하거나 난폭한 행동을 하는 아이들은 그런 말과 행동 속에서 자란 경우가 대부분이다. 아이들 안에 가시처럼 박혀버린 폭력적인 말들은 계속해서 자신을 괴롭히고 주변 사람들까지 고통스럽게 만든다. 누군가가 던진 비난은 그 대상이 되었던 사람이 더 이상 앞으로 나아가지 못하도록 구속하는 바위나 올가미가 되어버린다. 누군가가 던진 화살로 스스로를 찌르며 상처를 입히는 경우도 있다.

나도 나 자신을 오랫동안 괴롭혔다. 작은 실수에도 스스

로를 비난했고, 여러 잣대로 나를 평가하고 판단하는 데 익숙했다. 그렇게 자신을 함부로 대했던 습관들이 쌓여 우울증이 시작되었다. 지난 일에 대한 후회와 원망으로 종일토록 스스로를 괴롭혔다. 그 굴레로부터 벗어나고 싶었지만 방법을 몰랐다. 그러다가 더 이상 견딜 수가 없어서 또 다른 길을 찾아 집을 나섰다.

그 여정 중에 태국 치앙마이 근처 숲속에 있는 위파사나 명상센터에 가게 되었다. 그곳은 부처님의 명상 방법을 그대로 실천하고 있는 오래된 사원이었다. 전 세계에서 많은 사람들이 찾아와 자신의 몸과 마음을 들여다보고 있었다. 오후 12시 이후에는 일체의 음식도 금하고, 앉아서 하는 명상인 좌선과 걸으면서 명상하는 행선을 했다.

사원의 스님들과 참가자들은 하루의 대부분을 침묵 속에서 자신의 몸과 마음을 관찰하며 보냈다. 그리고 하루 한 번씩 명상을 안내해 주는 분과의 인터뷰를 통해 점검받는 시간을 가졌다. 내게 명상을 알려준 분은 남아프리카 공화국 출신의 조나단. 어느 날 조나단은 내 몸의 감각을 관찰하는 것에 이어 마음이 일어나고 사라지는 것을 관찰해 보라고 했다. 그런데 그날따라 내 마음 안에서 날이 선 목소리가 들려왔다.

'네가 지금 제대로 하는 게 맞아?'

'또 집중하는 걸 놓쳤네. 도대체 잘하는 게 뭐야?'

'이딴 식으로 할 거야? 그럴 거면 집에나 가. 조나단도 너를 한심하게 생각할 거야' 등의 비난하는 소리가 메아리처럼 내 안에 퍼지면서 괴로운 상태에 빠졌다. 인터뷰 시간이 다가올 때까지 말 그대로 '멘붕' 상태를 경험하고 있었다.

인터뷰 시간이 되자 나는 내가 들었던 여러 목소리들에 대해 얘기하면서 눈물을 흘렸다. 그 모습을 보던 조나단은 푸른 두 눈으로 나를 바라보며

"마릴린 먼로 아니?"

라고 물었다. 갑작스럽고 새삼스러운 질문에 나는

"당연히 알지"

라고 대답하며 눈물을 멈추고 그를 바라보았다.

"그럼 마릴린 먼로가 만인의 연인이었다는 것도 알겠네? 인기가 아주 대단했지. 아마 수만, 수억 명의 사람들이 그녀를 동경하고 사랑했을걸. 케네디 대통령도 그 가운데 한 명이었고."

조나단이 말을 이어갔다. 나 자신이 미워 죽겠다고 난리를 피우고 있는데, 모든 사람에게 사랑을 받았던 세기의 스타 얘기를 꺼내는 그가 얄미워서 '그래서 뭐 어쩌라고?'라는 말이 튀어나올 뻔한 찰나에 조나단이 또 질문을 했다.

"그런데 그녀가 어떻게 죽었는지는 아니?"

"아니."

"마릴린 먼로는 우울증과 마약 중독 등으로 시달리다 결국 자살을 했지. 타살이라는 얘기도 있지만, 여하튼 그녀가 여러 정신적인 고통을 받았던 건 사실이야. 아무리 많은 사람들이 아름답다고 찬탄을 하고, 사랑한다고 고백을 해도 소용이 없었던 거야. 그게 왜인 줄 아니?"

"……."

"자신을 사랑할 수 없었기 때문이야. 전 세계 사람들이 나를 좋아하고, 사랑한다 할지라도 자기가 스스로를 사랑하지 않으면 아무 소용이 없어."

"……."

"만약 누군가가 너를 24시간 쫓아다니면서 감시하고, 평가하고, 판단하고, 그러면서 비난하고, 이래라저래라한다면 어떻겠니?"

"숨이 막히겠지."

"생각만 해도 그렇지? 그런데 네 안에 그런 감시자가 있다는 건 알고 있니?"

순간 또다시 눈물이 주르르 흘렀다. 세상 그 누구도 종일토록 나를 못살게 굴 수는 없을 거란 생각이 들었다. 그것은 마치 한순간도 빠져나갈 수 없는 감옥에 갇힌 채 끊임없이 고문을 받는 것과 같았다.

조나단은, 겉으로 보기엔 많은 교육을 받고 잘사는 것처럼 보이는 수많은 현대인들이 실제로는 얼마나 끔찍할 정도로 자기 혐오증에 시달리고 있는지, 얼마나 낮은 자존감을 가지고 있는지에 대해 설명해 주었다. 그러면서 자신 안에서 진정한 사랑을 느끼지 못한다면 남에게도 사랑을 줄 수 없다고 했다. 그러더니

"우리는 스스로를 제대로 사랑하는 법을 배워야만 해"
라고 하면서 나에게

"'내가 건강하고 행복하고 평안하기를'이라는 말을 스스로에게 진심으로 건네봐"
라고 했다. 나는 눈을 감고 천천히 깊은 호흡을 한 번 하고 난 뒤 나 자신을 향해 나지막히 말을 건넸다.

"내가 건강하고 행복하고 평안하기를."

낯설고 어색했지만, 내 안의 깊은 곳에서 평화가 느껴지고 기쁨이 움터오는 것 같았다. "내가 건강하고 행복하고 평안하기를"이라고 되뇌며 나 자신에게 사랑을 전할수록 내 안의 어둠이 밝아지고 마음이 따뜻해진다는 것을 몸의 감각으로부터 확인할 수 있었다.

'메타 명상'이라고 불리는 이 수행법은 나 자신으로부터 시작해서 내가 사랑하는 사람, 관심 밖의 사람, 미워하거나 싫어하는 사람, 그리고 세상의 모든 살아 있는 존재들로 확

장된다. 이렇게 나 자신과 타인을 위해 기도할수록 나는 자기혐오와 자책이라는 감옥에서 벗어나는 느낌이 들었다. 그리고 경쟁과 비교, 평가 속에 굳어져 있던 자책의 습관으로부터 자유로워지기 시작하는 걸 느꼈다.

그 이후로도 나는 나 자신을 돌보고 사랑하고 지지하는 연습을 계속해 오고 있다. 힘들거나 좌절스러운 상황에서도 비난의 목소리 대신 "정현아, 잘하고 있어. 수고했어. 애썼어"라는 목소리가 들려왔을 때 나는 내가 진정으로 성장했다고 느꼈다. 그러면서 우리가 어릴 때부터 이처럼 '자기 돌봄'을 알고 실천하며 살 수 있다면 얼마나 좋을까 생각했다.

그 뒤로는 아이들과 '자기 돌봄'을 주제로 수업을 해오고 있다. 자기 돌봄 수업은, 먼저 질문을 통해 내 안에서 자동반사적으로 튀어나오는 내재적 언어를 찾는 것으로 시작한다.

1. 내가 가장 많이 들었던 부정적인 말은?
2. 내가 나에게 가장 많이 하는 말은?
3. 내가 가장 듣고 싶은 말은?

첫 번째와 두 번째 질문에 대해 아이들은
"넌 왜 그따위니? 장애냐? 왜 살아? 넌 왜 살아? 왜 그것밖에 안 되니? 나대지 마. 너는 평생 키가 안 클 거야, 난쟁

아! 공부 못해서 할 수 있는 게 없을걸. 너보다 힘든 사람 많
아. 할 줄 아는 게 없어? 가만히 있어. 이따위로 할래? 난 너
못 믿어. 꺼져. 내가 왜 그랬지? 내가 그 짓거리만 안 했으면.
쓰레기 같은 놈. 미치겠다. 죽어. 이럴 거면 왜 해? 넌 안 돼.
할 줄 아는 게 뭐야. 필요 없어. 짜증 나”
같은 말들을 적어냈다.

세 번째 질문, 내가 가장 듣고 싶은 말로는

“이미 충분해. 너는 필요한 존재야. 괜찮아. 넌 할 수 있어.
누구나 그럴 수 있어. 걱정하지 마. 그럴 수 있어. 정말 예쁘
다. 아름답다. 멋지다. 잘한다. 힘내. 네 덕분이야. 네가 최고
야. 네가 있어서 다행이야. 고마워. 미안해. 넌 할 수 있는 게
많아. 넌 언제나 빛나고 있어”
등을 적었다.

이처럼 내 안의 말들을 찾은 다음, 부정적인 말을 적은 종
이는 찢어서 던지며, 우리 안에 박혀 있는 상처들을 몸과 마
음 밖으로 빼내자고 한다. 그리고 내가 가장 듣고 싶었던 말
을 찾고 나서는, 나에게 가장 소중한 존재를 떠올려 보게 해
서, 사랑하는 사람이나 강아지 등 작고 귀여운 존재들을 대
할 때 소중하고 조심스럽게 살피고 돌보듯이, 나 자신을 그
렇게 바라보고 안아주고 쓰다듬어 보자고 한다. 그러고 나서
는 ‘너는 아름다워’라는 노래를 함께 듣는다.

너에게는 향기가 있어. 너의 그 향기로 인하여

네가 가는 자리마다 향기롭게 할 거야.

너에게는 빛이 있어. 너의 그 빛으로 인하여

네가 가는 자리마다 빛이 나게 할 거야.

너는 아름다워. 너의 아름다움이

많은 사람들의 마음을 따뜻하게 할 거야.

너는 아름다워. 너의 아름다움이

많은 사람들의 마음을 풍요롭게 할 거야.[11]

—강지선 작사 · 작곡, '너는 아름다워'에서

　모든 활동을 함께 마치고 나서 민수에게 이 노래를 들려주었다. 그리고 눈을 마주하며 노래를 한 번 더 불러주었다. 가만히 앉아 노래를 듣던 민수는 갑자기 무릎 쪽으로 머리를 숙이더니 두 다리에 얼굴을 파묻었다. 그러고는 등을 들썩이며 울기 시작했다. 어쩌면 태어나서 한 번도 들어보지 못했던 말이, 어쩌면 가장 듣고 싶었던 말이 민수 안에 박혀 있던 가시를 녹여내고 있는 것 같아서, 나는 아이의 자그마한 등을 오래도록 쓰다듬어 주며 함께 울었다. 민수 안에 있던 가시덤불 너머로 아름다운 꽃들이 피어나기를 기도하면서.

—

약점을 끌어안고
재능을 꽃피우기

—

우울증은 내 삶에서 쉽게 해결되지 않는 숙제와도 같았다. 우울의 늪에 빠질 때면 일상생활조차 힘들었다. 몇 년 전 어느 날엔 우울함에서 벗어나고자 힘을 내어 심리상담 워크숍에 참여했다.

워크숍을 시작하면서 상담 선생님은 자신의 약점과 강점을 한 문장에 넣어 스스로를 소개해 보라고 하셨다. 약점이라 생각하는 부분을 먼저 말하고, 강점을 뒤에 붙이는 방식이었다. 그때 내 안에서 나온 문장은 "나는 종종 우울하지만, 따뜻함을 나누는 사람이에요"였다.

나는 우울함이라는 감정에 빠질 때도 있지만, 내가 우울이라는 감정으로 힘들고 고통스러웠던 만큼, 다른 사람의 마음과 감정에 잘 공감하고 따뜻한 마음을 나누고자 하는 사람이기도 했다. 이러한 활동을 통해 내가 우울하기만 한 사람은 아니며, 내게서 도려냈으면 했던 우울이라는 감정으로 인해 다른 이들의 마음에 더 깊이 공감하고, 지친 이들에게 힘을 불어넣어 주고 싶은 열망이 생겼다는 것을 알게 되었다. 이 경험은 우울이라는 감정에 붙잡혀 있던 나에게서 벗어나 스스로를 더 크고 통합적으로 바라볼 수 있는 시야를 열어주었다.

"이제 나는 나 자신이 약함과 강함, 약점과 재능, 어둠과 빛을 동시에 지닌 사람이라는 걸 안다. 이제 나는 완전해진다는 것이 그중 어느 하나도 거절하지 않고 포용하는 것임을 안다"[12]라는 파커 J. 파머의 말처럼 나는 내 안의 강점과 약점을 통합해가는 것이 진정한 성장임을 점차 받아들이기 시작했다.

《나는 강물처럼 말해요》라는 그림책으로 유명한 캐나다의 시인 조던 스콧은 말을 더듬는 자신의 약점을 넘어 재능과 강점을 살린 작가이기도 하다. 지난 2023년 서울와우북 페스티벌에서는 《나는 강물처럼 말해요》의 번역자인 김지은 아동문학평론가의 사회로 조던 스콧과 소설가 정용준의 대담이 열렸다. 운이 좋게 그 자리에 참석할 수 있었는데, 그때 스콧 작가가 들려준 일화가 참 인상적이었다.

어릴 적, 작가의 어머니는 아이의 말더듬을 고치기 위해 웅변학원에 데리고 다녔지만, 아버지는 말더듬이라는 단어 자체를 쓰지 않았고, "너는 강물처럼 말한단다"라고 표현하면서 아이와 아이의 습관을 다른 차원에서 수용해 주었다는 이야기였다.

그리고 자신이 대학원에서 문학을 배울 때 존경하던 문학가이자 교수님께서 매주 시를 쓰고 낭독하는 과제를 내주셨지만, 말을 더듬으며 읽는 것이 부끄러워서 일부러 과제를 깜빡한 척했던 이야기도 해 주었다. 그러던 어느 날 교수님은 자신이 더 이상 피해 가지 못하도록 미리 출력해온 시를 가져와 읽게 하셨다. 엄청나게 더듬으며 시 읽기를 마친 자신의 손을 잡고 교수님은 눈물을 흘리며 "That was beautiful!아름다웠어!"이라고 하셨다. 말을 더듬는 것에 대해 "아름답다"라는 표현을 들은 것은 처음이었고, 그 순간이 자신의 인생을 바꾸었다는 말에 가슴 뭉클한 감동이 밀려왔다. 숨기고 싶은 약점마저 그 사람의 고유성으로 바라보는 시선과 마음이야말로, 저마다의 재능을 꽃피우게 하는 양분이라는 생각이 들었다.

이 경험을 아이들에게 전하고 싶어서 6학년 미술 수업 시간에 《나는 강물처럼 말해요》를 찬찬히 읽어주었다. 책에는 어릴 때부터 말을 더듬었던 아이가 말을 한다는 게 얼마나 어려운 일이었는지, 수업 시간에 책을 읽어야 할 때면 자신을 바라보는 친구들의 시선을 감당하기가 얼마나 힘들었는지 담겨 있었다. 그럼에도 불구하고, 말을 더듬으며 발표해서 부끄럽고 힘들었던 날이면 자신을 강가로 데려가서 "너는 강물처럼 말한단다"라고 말씀하시는 아버지께서 계셨기에, 아이는 이 말을 마음에 새기며 시인이 되었다는 이야기도 전했다.

그림책을 읽어주는데, 아이들이 이야기와 그림에 몰입하고 있다는 게 느껴졌다. 책장을 덮고 둘러보니 몇몇 아이들이 눈물을 닦고 있었다. 나는 아이들에게 시인과 비슷한 경험을 한 적이 있는지 돌아보자고 했다. 그러고선 우리 모두 약점과 강점을 동시에 가지고 있다고 말했다. 그것이 우리 모두의 공통점이라고….

그러고는 '고유성'에 대해 설명했다. 우리가 저마다 다르다는 것이 얼마나 소중한지, 그래서 우리가 퍼즐을 맞추듯이 서로를 채워줄 수 있다는 게 얼마나 신기하고 놀라운 일인지를 느껴보자고 했다. 그 기적 같은 조화의 신비를 잘 알고 있을 때 우리는 다른 사람의 약점을 놀리고 비웃는 대신 서로에게 손을 내밀 수 있게 된다는 얘기에 아이들은 고개를 끄덕이며 안도하였다.

나는 아이들에게 자신의 약점과 강점을 담은 한 문장을

제목으로 짓고, 거기에 그림을 더해서 자신을 표현하는 책 표지를 만들어 보자고 했다. 아이들은 "나는 거북이처럼 느리지만 행복해요", "나는 겁이 많지만 용감해요", "나는 잘 울지만 다양한 색처럼 다채로워요", "나는 열대우림의 새들처럼 말하지만, 마음은 우주처럼 넓어요" 등 자신의 약점과 강점을 통합한 글과 그림을 작품으로 만들어 냈다. 아이들의 기발하고 멋진 작품을 보면서, 모든 아이들은 시인이고 예술가라는 걸 다시 한번 실감했다. 무엇보다 자신의 약점과 강점을 깊이 성찰하고 담아낸 것이 대단하게 느껴졌다.

이런 수업을 준비하고 진행하다가 노르웨이에서 안무가이자 무용가로 활동하는 배규자 님이 해 주신 말씀이 떠올랐다. 힘든 상황 속에서 나 자신이 너무나도 부족하게 느껴져서 잔뜩 움츠러들어 있을 때, 그녀가 내게 말했다.

"이럴 때일수록 자신을 소중히 돌봐주고, 안아주고, 사랑해 주세요. 꽃봉오리도 자신을 꼭 끌어안은 뒤에야 활짝 피어날 수 있잖아요. 달리아는 지금 꽃봉오리의 시간을 보내는 거예요."

깊은 위로가 되었던 이 메시지를 아이들에게도 전하고자, 작품을 완성한 아이들에게 양팔을 교차해서 자신의 어깨를 감싼 후 고개와 허리를 둥글게 숙여 꽃봉오리가 되어보자고 했다. 그러고서는 자신을 안으로 깊이 안은 사랑의 힘을 밖으로도 펼쳐보자고 했다. 작고 둥글게 말았던 몸을 꽃잎이 펼쳐지듯 천천히 피워내는 아이들의 움직임을 바라보며, 얼마 전 돌담 틈에서 피어나던 꽃들을 보고 나왔던 감탄사가 다시금 터져 나왔다. 누군가의 성장을 응원하고 감탄하며, 함께 기뻐하는 자리에 있을 수 있다는 것에 참으로 감사한 날들이다.

어떻게 자신을
미워할 수 있나요?

✖

"엄마, 나 오늘 받아쓰기 59점 받았어."

하굣길을 함께 걸으며 초등학교 1학년 첫째 딸이 말했다. 한 문제가 몇 점이길래 59점을 받은 건지 궁금했다. 집에 도착해서 확인해 보니 받아쓰기 시험지에는 95점이라고 쓰여 있었다. 95점을 59점이라고 착각해서 말한 실수가 귀여웠다. 아이는 "제자리에 둡니다"라는 문장을 "제자리에 붑니다"라고 써서 부분 점수를 받았다. 바람에게 자기 자리가 있어서 거기로 부는 것도 아닐 텐데, "제자리에 붑니다"라니!

아이와 나는 새롭게 탄생한 문장을 여러 차례 반복해서 말하면서 한참을 웃었다. 이처럼 아무것도 아닌 것에도 깔깔거리며 웃을 수 있는 능력, 어떤 일도 심각하지 않게 가볍게 넘길 수 있는 유연성은 아이들을 따라갈 수가 없다. 나도 한때는 작고 보드랍고 언제든 방긋 터지며 웃을 수 있는 아이였을 텐데, 언제부턴가 서서히 몸과 마음이 굳어지고 닫혔을 것이다.

안타깝게도 날이 갈수록 점점 굳은 얼굴과 마음으로 앉아 있는 아이들이 늘어난다. 특히 수행평가 결과나 시험 점수가 원하는 대로 나오지 않았을 때는 먹구름 가득한 얼굴이 되어 있거나, "엄마에게 혼나요", "아빠가 '핸드폰 압수'라고 했어요" 등의 얘기를 하며 벌벌 떠는 아이들을 보곤 한다.

그렇다면 부모들은 왜 성적으로 아이를 혼내고, 성적에 따라 즉각적인 보상과 처벌을 하는 것일까? 부모들이 '성적이 곧 사회적 위치가 된다'는 것을, '그에 따라 보상과 대우에 큰 차이가 난다'는 것을 경험했기 때문일까? 어딘가에서 생겨난 기형적인 문제가 아이들에게까지 파고들어, 기어이 유치원에 다니는 아이들을 대상으로 한 '의대 준비반'까지 만들어 냈다.

어릴 때부터 너무 많은 기대와 평가를 받아온 아이들을 보면 과거의 내가 떠올라, 불안과 두려움에 떠는 그 자그마한 몸들을 꼭 안아주고 싶다. 학창 시절, 나는 시험 전날이면 매번 울었다. 시험을 잘 봐야 하는데, 못 볼까 봐 두려웠기 때문이다. 성적이 잘 나와 전교 1등을 했을 때는 이를 유지해야 한다는 압박감 때문에 불안했다. 중고등학생이 되면서 성적에 따라 등수와 등급이 정해지다 보니, 하나의 실수나 오답에도 벌벌 떨었다.

수능 날에는 외국어 영역 시간에 스피커에 문제가 발생했다. 한 번도 틀려보지 않았던 영어 듣기 시험에서 10점가량 점수가 나갔다. 사람들은 실수도 실력이라고 말했다. 나는 입시의 실패가 내 삶의 실패라고 생각했다. 이를 만회하고자 대학생 때는 학점이나 여러 활동에 매달렸지만, 계속해서 영영 뒤처지는 것만 같았다. 그러다 끝이 없는 어두운 동굴과도 같은 우울증에 빠져 간신히 숨만 쉬며 살았다. 숨 쉬는 것조차 참으로 버거운 시간이었다.

깜깜한 어둠에서 벗어나고자 인도 북부 티베트 난민들이 살고 있는 곳에 가고 싶었다. 친구가 건네준《달라이 라마의 행복론》이라는 책을 읽고서, "당신은 행복하십니까?"라는 질문에 한 치의 망설임도 없이 "그렇습니다"라고 대답하는, 달라이 라마라는 사람이 궁금했기 때문이다. 그의 대답은 '우울과 고통이 아닌 행복의 길을 걷고 싶다'는 내 안의 열망을 일깨웠다. 그 마음은 누워만 있던 나를 일으켜 세웠다. 마침 함께 갈 여행의 동반자도 생겼다. 그렇게 기적처럼 다람살라로 떠났다.

목적지에 도착해서 낯선 언어들이 들리는 새로운 풍경

속을 걷다 보니, 이전과는 다른 세상에 와 있다는 게 실감 났다. 동행자와 함께 다음 날 달라이 라마의 강의가 열리는 남걀 사원을 찾아 두리번거리다 카일라스 산이 그려져 있는 식당을 발견했다. 어디선가 들어봤던 이름이라서 동행자에게

"카일라스 산 사진이네요. 다음에 저 식당에 한번 가 보고 싶어요"

라고 말했다. 그런데 우리 뒤를 따르던 어떤 사람이 영어로 대답했다.

"맞아요. 저 식당 참 맛있어요."

놀라서 뒤돌아보니 한 티베트 스님이 환하게 웃음 짓고 있었다. 빨간색 승려복이 잘 어울리는 해맑은 표정의 스님이었다. 나는 그분에게

"안녕하세요? 영어를 잘하시네요? 저희는 남걀 사원을 찾고 있는데 어디에 있는지 알려주실 수 있나요?"

라고 물었다. 텐진이라고 자신을 소개한 스님은 자신도 거기로 가는 길이라며, 남걀 사원의 위치뿐만 아니라 사원에서 지켜야 할 예절까지 자세히 알려주었다.

훌륭한 가이드를 만난 셈이었다. 시간을 내어 친절을 베풀어 주신 데 대한 답례로 저녁을 대접하고 싶었다. 사양하던 스님은, 우리가 카일라스 식당 앞에서 만났으니 그곳에서 함께 밥을 먹어야 한다는 나의 억지 논리에 웃으면서 함께하

였다. 나는 식당 메뉴의 낯선 음식들 사이에서 무엇을 먹어야 할지 몰라 샐러드와 주스를 주문했다. 스님도 어떤 메뉴를 시켰다. 잠시 후 음식이 나왔는데 스님이 멈칫하는 게 보였다. 스님이 시킨 음식에 닭고기가 섞여 나온 것이다. 스님이 웨이터에게 이유를 묻자, 웨이터는 주문서를 들고 와서

"아까, 'Non-Veg비채식'라고 말씀하셨잖아요"

라며 어깨를 으쓱했다.

"하하하, 내가 착각을 했네요. 'Non-Violence비폭력'라는 단어를 생각하다가 헷갈렸어요."

실수를 하면 으레 당황하거나 부끄러워하게 마련인데, 스님은 아주 크게 웃으며 즐거워하였다. 그 모습에 오히려 내가 당황스러웠다. 나는 나의 작은 실수도 받아들이지 못해서 늘 스스로를 추궁하고 비난하기 급급했기에, 그런 모습이 더 낯설게 다가왔다. 그런데 스님의 천진난만한 웃음을 보고 있자니, 나도 모르게 웃음이 따라 나왔다. 자신의 실수도 기쁘게 받아들이며 웃을 수 있는 그에게 나는 내 안의 이야기를 할 수 있을 것 같았다. 주스를 한 모금 마시고 나서 말을 꺼냈다.

"저기, 스님. 사실 저는 여기 오기 전에 우울증을 심하게 앓았어요."

"우울증이 뭐예요?"

여전히 미소를 지으며 스님이 되물었다. 전혀 예상하지 못했던 반응이었다.

"우울증은 자기 자신을 미워하는 병이에요. 그리고 우울한 감정이 이어지면서 모든 것이 힘들어지는 병이에요."

나는 잠시 고민하다 내가 느꼈던 우울증 증세에 대해 얘기했다.

"오, 가엾어라."

스님은 고개를 젓고 혀를 차며 내 설명을 들었다. 스님의 눈에서 나의 슬픔과 고통에 대한 연민이 느껴졌다. 그런데 이어지는 스님의 질문은 한동안 나를 멍하게 했다.

"어떻게 자신을 미워할 수 있나요?"

갑자기 머리를 세게 얻어맞은 것 같은 기분이 들었다. 스님은 티베트에는 '자책'이나 '죄책감'이라는 단어가 없다고 했다.

그 뒤로 몇 년간, 마치 고향을 방문하듯 매해 그곳을 오가며 티베트 사람들과 함께 생활했다. 중국에 영토를 빼앗기고 인도라는 타국에서 난민으로 살고 있는 사람들, 그럼에도 웃음과 친절을 잃지 않는 사람들. 그들은 차 한 잔이라도, 자신이 가진 무엇이라도 기꺼이 나누려 하였다. 길가의 작은 곤충이나 지렁이도 밟지 않으려고 조심히 걸었다. 그런 그들을 보며 한 나라의 문화와 교육이 그 나라 사람의 성격이나 감정, 행동에 얼마나 많은 영향을 끼치는지 느꼈다. 그러면서 내가 만나는 아이들은 내가 학창 시절에 겪었던 좌절과 절망, 죄책감을 느끼지 않았으면 하는 마음이 들었다.

그래서 나는 아이들이 실수하거나 실패했을 때도 거기에 심각하게 빠져들지 않도록 함께 크게 소리 내어 웃는다. 그 실수와 실패가 삶에 틈과 여유를 만들고, 성장을 이끄는 통로가 된다는 것을 기억하면서 말이다. 이 모든 순간순간은 과정일 뿐 절대적인 결과가 아니다. 그것이 정말로 실패인지 아닌지는 아무도 모른다. 그것이 무엇으로 어떻게 이어질지 아무도 모르지 않는가.

그러니 모든 것을 흐름에 맡기고 리듬을 타며 마치 서핑을 하듯 삶의 순간들을 즐길 뿐이다. 그저 즐기기에도, 사랑만 하기에도 부족한 시간임을 이제는 알기에, 나와 세상을 미워하며 다시는 돌아오지 않을 삶의 순간들을 낭비하고 싶지 않기에.

—

선생님,
자존감이 뭐예요?

—

✖

백혈병 등 난치병을 앓고 있는 아이들을 가르칠 때였다. 건강 장애 학생들의 학습권을 보장하기 위해 서울시교육청에서 운영하던 화상 수업 학교에서 4년간 담임을 맡아 수업을 진행했다. 아이들은 면역력이 약하고 건강 문제로 어려움을 겪고 있었지만 배우고자 하는 의지는 강했다. 아이들 대부분이 장기간 병원에 입원 중이었고, 면역력 때문에 수업은 온라인으로만 가능했다. 그나마도 수술이나 항암 치료를 하거나 몸이 힘들 때는 실시간 수업에 참여하지 못하고 녹화 수업을 듣는 시스템이었다.

어느 해에는 초등학교 3학년 학생들의 담임이 되었다. 한 반 20여 명의 학생 가운데 실시간 수업에는 보통 3~6명 정도가 돌아가며 출석했다. 나는 전화 상담을 통해 아이의 건강 상태 등을 확인하고 녹화 수업을 듣게 될 아이들의 이름을 부르며,

"얼른 잘 나아서 얼굴 보자. 보고 싶어"

라고 얘기하곤 했다.

그러던 어느 날, 1학기를 시작한 지 한 달이 조금 넘은 4월 중순 무렵, 정빈이가 처음으로 실시간 수업에 들어왔다. 백혈병이 재발해서 집중 치료를 받고 왔다고 했다. 정빈이는 항암 치료를 해서인지 듬성듬성해진 머리를 가리는 모자를 쓰고 있었다.

"선생님이랑 친구들이 너무나도 궁금해서 빨리 들어오고 싶었어요."

정빈이의 목소리와 얼굴에는 설렘이 가득했다. 들어온 날 첫 수업은 수학 시간. 정빈이는 '평면도형' 단원의 개념이 이해가 안 되는지 교과서를 보고선 어리둥절한 표정을 지었다. 특히 선분과 직선의 차이, 사각형과 다양한 도형을 구분하는 걸 어려워했다. 나는 두 손으로 주먹을 쥐어 주먹이 점이라면 이 사이를 이어 막혀 있는 선은 선분, 두 손을 펴서 끝없이 늘어지는 선은 직선이라고 설명해 주었다. 그리고 손가락과 몸으로 삼각형, 사각형, 원 등을 만들어 가면서 정빈이가 이해하기 쉽도록 반복해서 도형에 대해 설명했다. 손과 몸을

함께 움직이며 열심히 나를 따라 하던 아이는 교과서 문제를 모두 풀고 정답까지 맞히더니 방긋 웃으며

"선생님, 저 이제 자괴감이 생겼어요!"

라고 말했다. 나도 따라 웃으며

"잘 이해한 것 같아 기쁘네. 그런데 혹시 '자괴감'이 뭔지 알아?"

라고 물었다. 아이는

"몰라요"

라고 했다. 나는

"이럴 때는 '자신감'이나 '자존감'이 생겼다고 하는 거야"

라고 알려주었다. 그러자 아이는

"선생님, 자존감이 뭐예요?"

라고 다시 물었다.

"자존감은 자기를 존중하는 마음, 자괴감은 자기를 괴롭히는 마음이야"

라고 얘기했더니,

"아, 그럼 저 자존감이 생겼어요!"

라고 두 손까지 번쩍 들며 얘기했다.

열 살 아이의 눈높이에 맞춰 단어를 설명하고 난 뒤, 수업을 마치고 돌아오는 길에 여러 생각이 들었다. 나는 꽤 오랫동안 자괴감과 자책감에 빠져 있던 사람이었다. 항상 나를

괴롭히고, 책망하는 것에 익숙했다. 더 잘하지 못하는 자신을, 더 예쁘지 않은 나를 끊임없이 미워하고, 그런 자신을 향해 돌을 던지곤 했다.

나를 보는 기준과 중심이 내 안에 있는 게 아니라 밖에 있었다. 그러다 보니 외부의 사소한 말과 행동에도 자꾸 출렁거렸다. 주변 사람들이 나를 어떻게 보는가를 기준으로 나 자신을 정의했기 때문이다. 내가 아닌 다른 사람들의 기준과 판단에 갇혀서 사는 삶은 감옥과도 같았다. 몇 개월 동안 거의 아무 말도 하지 못할 정도로 심한 우울증을 앓고 나서야 무언가 잘못됐다는 것을 알게 되었다.

그렇게 삶의 밑바닥까지 가고 나서 나를 존중하는 게 얼마나 중요한 일인지 알게 되었다. 내가 나 자신을 존중하지 않고 하찮게 취급하면서 다른 사람들이 나를 존중해 주기를 바라는 건 성립될 수 없는 공식이었다. 그러면서 있는 그대로의 나 자신을 내가 먼저 소중하게 여기고 사랑할 때 다른 존재들도 그렇게 볼 수 있다는 걸 깨닫게 되었다.

그 뒤로는 나 자신을 내팽개치지 않기로 했다. 하지만 습관은 관성이 큰 바퀴와도 같았다. 그런 생각과 말과 행동을 멈추고 다른 길로 가는 데는 정말 많은 노력과 시간이 필요했다. 그럼에도 내 안의 목소리와 마음에 귀를 기울이고 존중하는 힘이 길러질수록 일상과 삶이 바뀌는 게 느껴졌다.

그러면서 진정한 자존감은 세상에 하나뿐인 나라는 존재가 얼마나 고유하고, 의미 있고, 아름다운지를 알고, 느끼는 데서 온다는 걸 알게 되었다. 나를 소중하게 여길수록 다른 존재들의 고귀함도 함께 느껴져서 함부로 대할 수 없었다.

동시에 내가 숨을 쉬기 힘들고 아팠던 만큼, 내가 만나는 아이들은 그런 고통을 겪지 않았으면 하는 마음이 들었다. 내가 겪은 상처와 아픔, 고통을 대물림하지 않고 끊어내고 싶었다. 그 마음은 아이들을 지켜주고 싶은 마음이었고 사랑이었다.

우리의 교육은 몇 가지 잣대와 기준으로 서로를 비교하고 경쟁하는 시스템을 바탕으로 하고 있다. 아이들은 성적 등의 몇 가지 기준과 결과만으로 자신의 가치를 판단하고 평가한다. 돌아보면 나 역시 학교 안에서 시작되는 경쟁 체재에 적응하고, 익숙해지면서 나 자신을 끊임없이 몰아세우거나 비난했었다. 그것은 얼마나 잔인했던가, 그 때문에 스스로를 얼마나 아프게 했던가? 나는 이 사실을 너무나 늦게야 알았다.

우리는 학교에서 진짜 가르쳐야 할 것이 무엇인지 다시 돌아볼 필요가 있다. 학교에서 아이들에게 필수로 가르쳐야 할 게 있다면, 자신의 존재가 그 자체로 얼마나 소중한지 아는 것이다. 그리고 스스로를 존중하고 사랑하는 법을 익히는

것이다. 나는 이것을 제대로 가르치기 위해 날마다 배우고
연습한다. 세상에서 하나뿐인 나와 너를 소중하게 돌보고,
사랑하고, 존중하기 위하여.

처음부터 끝까지 내 눈을 깊이 바라보며
이야기를 경청하시던 스님은 내 이야기가 끝나자,
"숨을 쉬어보렴" 하고 말했다. 그 말씀에 따라
숨을 쉬는 것에만 집중해 보았다.
단숨에 많은 이야기를 이어가느라 얕고 빠르게 드나들던 숨이
점점 깊어지고 느려졌다.
"우리는 숨을 들이쉬는 만큼만 내쉴 수 있지."
순간, 온몸으로 그 말씀의 의미가 느껴졌다.
들숨과 날숨의 주고받는 균형처럼, 내가 사랑으로 가득할 때
비로소 누군가에게 사랑을 전할 수 있다는 깨달음이
마치 종소리의 파동처럼 밀려왔다.

3

히말라야로 간 선생님

선생님은 꿈이 뭐였어요?

혼란스러운가요? 그렇다면 아주 좋은 일입니다. 혼란은 큰 발전이니까요. 혼란은 특정한 관점에 대한 집착을 깨고, 더 넓은 차원의 경험으로 나아가고 있다는 표시입니다.[13]

—욘게이 밍규르 린포체

6학년 아이들과 함께 진로와 꿈을 주제로 수업할 때였다. 세상의 다양한 직업들을 탐색하면서 자신의 재능과 관심사에 대해 나누고 있는데, 한 아이가 나를 바라보며 물었다.

"선생님은 꿈이 뭐였어요?"

"음… 어…."

쉽게 대답이 나오지 않아서 말을 고르고 있는 사이 또 다른 아이가 물었다.

"선생님은 선생님이 꿈이셨어요?"

"아, 처음부터 선생님이 꿈은 아니었는데, 선생님 되길 잘한 것 같아."

수업을 마치고 나서도 아이들의 질문이 한참을 떠나지 않았다. 솔직히 나는 선생님이 되고 싶었던 적은 없었다. 어릴 적 슈바이처 위인전을 읽은 뒤의 꿈은 의사였고, 그다음 꿈은 외교관이었다. 하지만 첫 입시에서 실패하고 재수를 한 뒤 성적표를 놓고서, 점수에 맞는 대학을 찾다 보니 교대가 있었다. 아빠는 넌지시 교대에 넣어볼 것을 권유하셨다. 경기 불황으로 공무원과 교사가 장래 희망 1순위를 찍던 시절이었다. 당시 발행되던 시사 잡지 표지에는 "교대 열풍"이라는 메인 기사가 굵직하게 올라와 있기도 했다. 대부분의 입시생들처럼 나의 꿈과 진로도 성적에 맞추어 정해졌다.

교대에 입학해서 보니, 대기업에 다니거나 다른 대학 다른 학과에 다니다가 들어온 언니, 오빠들도 있었다. '나보다 먼저 세상과 사회를 경험해 본 이들의 선택이기도 하니까 이게 맞을 거야' 하면서 스스로를 위로하기도 했다.

혼란스러웠지만 수업은 열심히 들었다. 초, 중, 고등학교에서 모범생으로 살아왔던 습관은 변하지 않았다. 초등학교 교사는 초등 교과 전 과목을 가르쳐야 하기에 배우는 과목도 많았다. 단소, 리코더, 피아노, 현대무용, 발레, 배구 등 실기 과목도 있었다. 잡기에도 능해졌지만, 교대를 졸업하고 난 뒤 교사가 아닌 다른 직업을 갖는 건 거의 불가능하게 느껴졌다. 일반적인 대학교에 비해 인원도 적고, 건물도 작아서 그런지 고등학교를 한 번 더 다니는 느낌도 들었다. 때때로 답답하기도 했다. 하지만 다른 길을 살피기엔 너무 늦은 것 같았다. 어른들 말씀처럼 대학생이 되고 나면 입시 뒤로 유예해 두었던 행복을 찾을 줄 알았는데, 그 앞에 더 큰 관문이 기다리고 있었다.

시간이 흘러 4학년이 되어도 혼란과 방황은 잦아들지 않았다. 오히려 점점 커져 갔다. 교대에서는 대개 4년 동안 각 과별로 수업도 함께 듣고 임용고시 준비도 함께해서 휴학을 하는 경우가 거의 없었다. 그런데 나는 준비되지 않은 채 그저 휩쓸리듯 어른이 되는 느낌이었다. 숨이 막히듯 답답했다. 사회로 나가기 전에 다양한 경험을 해보고 싶었다. 친구들 모두 임용고시 준비로 바쁜 4학년, 나는 교환학생에 지원하여 대만으로 떠났다.

도피하듯 떠나온 곳에서, 고등학교 동창의 자살 소식을 듣게 되었다. 함께 외고를 다니면서 3년 내내 라이벌로 생각했던 똑똑한 동창생의 죽음은 큰 충격이었다. 비가 그치지 않는 우기에, 말도 거의 통하지 않는 낯선 곳에서 우울은 곰

팡이처럼 온몸으로 번져갔다. 여러 힘든 상황들이 겹치면서 우울은 점점 깊어졌다. 나는 건물에서 뛰어내리고 싶다거나, 달리는 차에 뛰어들고 싶다는 충동에 사로잡혔다.

국제 전화가 되는 공중전화기를 붙잡고서 한국의 가족과 교수님과 친구들에게 SOS를 쳤다. 이대로 있다간 정말 죽을 것 같으니 살려달라고. 어떻게 돌아왔는지는 기억나지 않는다. 한국에 도착해서 공항에서부터 기차를 타고 밀양 부모님 댁으로 내려가는 내내, 엄마는 내 손을 꼭 붙잡고 조용히 우셨다. 그 뒤로 9개월 동안 거의 아무 말도 하지 않고 집에서만 지냈다.

다시는 집 밖으로 나가지 못할 거라 생각했다. 가끔 거울 속에 비친, 열꽃으로 뒤덮인 얼굴과 퉁퉁 부은 몸을 보며 울었다. 그 와중에, 스스로 괴물이라 생각했던 나를 보러 일부러 멀리에서까지 찾아와 주는 친구들이 있었다. 그런 이들 때문에 차마 죽을 수는 없었다.

몇 달 동안 힘든 기색 한 번 보이지 않던 엄마가, 어느 날 두 다리를 뻗고 대성통곡을 하셨다. 미안한 마음에 집을 나섰는데, 갈 곳이 없었다. 우여곡절 끝에 일면식도 없던 한 여자분을 만나 며칠 동안 그 집에 묵게 되었다. 자신도 그렇게 힘들었던 적이 있다며, 아무것도 묻지 않고 며칠 동안 밥과 잠자리를 내어주었던 그녀는 초등학생 아이와 함께 사는 싱

글맘이었다.

낯선 곳에서 며칠을 지내던 어느 늦은 밤, 거실에 나갔다가 그녀를 만났다. 차를 마시러 나왔다며 내게도 한 잔 마시겠느냐고 물었다. 물이 끓고, 건네받은 허브차를 마시는데, 그녀가 자신의 이야기를 꺼냈다. 결혼과 가정폭력, 그리고 이혼, 그 이후로 떨칠 수 없는 두려움 때문에 몸에서 호신용 무기를 내려놓을 수 없었던 커다란 공포…. 불안과 우울에서 벗어나기 위해 정신과 상담을 받고 있고 약도 먹어가면서 조금씩 나아지고 있다는 근황 등 그녀는 자신의 고통과 치유의 날들을 담담하게 풀어놓았다.

가만히 그녀의 이야기를 듣는 동안 내 안의 어둠 사이로 작은 빛이 스며들기 시작했다. 눈앞에 있는 분이 그저 자신의 고통을 솔직하게 풀어놓았을 뿐인데, 바위처럼 딱딱했던 내 안의 고통이 건드려지고 헤쳐지면서, 그 틈으로 가느다란 빛이 새어 들어오기 시작했다. 그전까지는 나를 제외한 세상의 모든 사람들은 다 잘 살고 있는 것처럼 보였는데….

그녀를 통해 나만 아프고, 힘든 것이 아님을 보게 되었다. 우리의 고통이 얼마나 긴밀하게 연결되어 있는지 느끼게 되었다. 고통의 연대 속에서 비로소 막혀 있던 숨을 내뱉고 다시 새 숨을 들이쉴 수 있었다. 그 연결은 무기력하게 누워만 있던 나를 다시 일으켜 세워 치유의 길을 걷게 했다.

그렇게 삶의 바닥에서 극적으로 건져 올려지는 경험을 하고 나서, 교대에서의 마지막 학기를 다니기 위해 복학했다. 당시 나는 교사가 되기보다는 작가가 되고 싶었다. 글을 쓸 때 행복했고, 교내 공모전에서 시와 소설 부문에 동시에 당선되기도 했다. 그런데 영화 한 편이 다시 길을 바꾸었다. 설리번 선생님과 헬렌 켈러의 실화를 바탕으로 만들어진 〈블랙〉이라는 인도 영화였다. 깜깜한 어둠 속에서 살아가던 존재에게 빛을 비추어, 그의 삶을 변화시키던 영화 속 선생님의 모습에서 또 다른 길이 열리는 걸 느꼈다. 마음속 깊은 곳에서 뜨거운 불꽃이 살아나는 느낌이었다. 우울증으로 지독한 어둠 속에 갇혀 있다 나와서인지 그 마음이 더욱 간절해지는 것 같았다. 임용고시까지 100일 정도 남았을 때였다.

　나는 임용고시에 합격하게 해달라기보다는 좋은 선생님이 되게 해달라는 마음으로 매일 아침 기도하며 공부했다. 그전처럼 누구와 비교하고 경쟁하던 마음이 아니라서 그런지 불안하거나 걱정되는 마음도 들지 않았다. 내가 만날 아이들을 위한 것이라 생각하니, 모든 공부가 의미 있고 재미있었다.

　그렇게 임용고시에 합격하고, 선생님이 되었다.

—

돈보다 중요한 것은
무엇일까?

—

✖

교사 임용이 9월이라 그 전에 몇 달간 과외를 하게 되었다. 과외 웹사이트에서 소개를 받았는데, 초등학생 여자아이의 숙제 등을 매일 두 시간 정도 봐주는 일이었다. 한 달 과외비는 교사의 초임 월급과 비슷할 정도로 많았다. 숙제를 봐주면 되는 단순한 일에 비해 넘치는 과외비를 준다고 해서 이유가 궁금했다. 며칠 뒤 과외를 하게 된 아파트에 도착했다. 입구와 로비가 고급 호텔처럼 화려했다. 연예인과 유명한 기업의 사장도 사는 곳이라고 했다. 검은색 양복을 입은 젊은 경호원이 방문 목적과 호수를 물었다. 몇 차례의 보안 단계를 거쳐 집에 도착했다.

첫인상이 귀엽고 똘망똘망했던 열 살 여자아이는 수업

을 하기보다는 나와 놀기를 원했다. 이미 주요 과목과 예체능 과외도 별도로 받고 있었다. 아이는 지쳐 있었다. 나는 아이의 고단함을 풀어주고자 숙제를 봐주고 수업이 끝난 뒤에는 시간을 내서 놀아주곤 했다. 어느 날엔 근처에 있는 놀이공원에 놀러 갔다. 집에서 매우 가까운 거리였는데, 아이는 몇 년간 이곳에 살면서도 처음 와본 곳이라며 종종거리며 기뻐했다. 아이가 밝게 웃는 모습에 나도 기분이 좋았다. 그런데 그 뒤에도 아이는 숙제를 끝내고 나면 놀이공원에 또 가고 싶다며 나를 졸랐다.

"놀이공원 입장료가 비싸서 자주 갈 수는 없어"
라고 했더니 아이가 두 눈을 동그랗게 뜨면서 이해할 수 없다는 표정으로 되물었다.

"선생님, 왜 돈이 없어요?"
그러더니,

"저 돈 많아요. 제 돈으로 가요"
라면서 지갑을 열어 보여주었다. 아이의 지갑 속에는 30만 원이 넘어 보이는 현금이 들어 있었다. 내 지갑 안에 있던 것보다 훨씬 더 많아 보였다. 그것을 본 내 눈도 동그랗게 커졌다. 그러고 보니, 아이의 방에는 모든 것이 넘치게 있었다. 문구류나 책, 인형 할 것 없이 다양한 물건들이 둘 자리가 없어서 쌓아놓아야 할 정도로 가득했다.

어느 날에는 엄마와 쇼핑을 다녀왔다며, 300만 원어치 옷과 신발을 샀다고 했다. 한 벌에 수십만 원이 넘는 옷과 신발을 어린 나이에 아무렇지 않게 산다는 것이 놀라웠다. 더 놀라운 건 그렇게 많은 물건을 두고도 아이는 만족할 줄 모른다는 것이었다. 다른 친구가 신고 온 반짝이 구두가 부러워서 새로 구두를 사고, 색색의 펜들이 종류별로 갖춰져 있었지만 매일 문구점에 가서 계속 새로운 펜을 사 모았다. 아이는 내게 자주 안아달라거나 업어달라고 했다. 어딘가 마음이 허전하고 불안해 보였다. 그전에도 그런 아이들을 본 적이 있었다.

대학생이 되어 시작한 첫 과외 때 강남의 아파트에 살던 한 아이는 처음 만나자마자 이렇게 물었다.

"선생님은 얼마가 필요하세요?"

그 아이는 나와 만나기 전에, 여러 차례 과외선생님을 바꾸었다고 했다. 종종 불처럼 화를 냈다가 가라앉곤 했다. 마찬가지로 어딘가 늘 불안정하고 허전한 듯 보였다. 이렇게 넘치도록 풍요로운데 왜 아이들이 결핍 속에 있는 것인지 궁금했다.

반대의 경험도 있었다. 친구와 함께 배낭여행을 갔던 캄보디아에서였다. 앙코르와트가 있는 도시, 시엠립Siem Reap의 숙소에서 사진작가이자 여행작가인 김형욱 님을 만나게 되어, 작가님이 돕고 있다는 근처 학교를 방문하게 되었다. 학교라고는 했지만, 지푸라기 등으로 만든 허술한 지붕과 흙바닥, 거기에 책걸상 몇 개가 놓인 게 다였다. 비바람이 불면 당연히 수업이 어려웠고, 아이들이 뛰어다니면 뿌옇게 흙먼지가 일었다. 열악한 환경이었다.

학교에 교사와 교재 등이 부족하다는 얘기를 듣고, 친구와 상의하여 여행 일정을 조정했다. 캄보디아에 있는 동안 매일 아이들을 가르치기로 했다. 기념품을 사려고 했던 돈으로 아이들의 책과 연필, 지우개 등 학용품을 샀고, 여행 경비 중 일부를 덜어 아이들을 위한 특식으로 파스타 재료를 사서 요리해 주기로 했다.

우리가 맡은 수업은 영어 회화와 알파벳 파닉스. 선생님과 학생들에게 간단한 캄보디아 말과 단어들을 배워서 수업을 진행했다. 평소 자주 쓰던 TV나 컴퓨터 등의 수업용 기기, PPT 등의 미디어 자료를 활용할 수 없어서 종이와 크레파스로 모든 수업 자료를 직접 만들었다.

쌍꺼풀이 진 커다랗고 까만 눈동자로 신기한 듯 외국인 선생님을 바라보던 아이들은 그동안 내가 만났던 어떤 아이들보다 수업에 집중했다. 무엇보다 배우고자 하는 열망이 가득했다. 하나라도 놓칠세라 온몸을 바짝 앞으로 당겨 앉고서, 내가 하는 말에 귀 기울이고, 쓰고, 그리는 모습에 나도 하나라도 더 가르쳐주고 싶은 마음이 샘솟았다. 학생의 수업 태도에 따라 교사의 열정이 커질 수 있다는 걸 처음 생생하게 경험했다.

나와 친구가 동네 어귀에 들어서면, 아이들은 맨발로 뛰어나와 우리의 이름을 크게 부르면서 두 팔을 벌리고 달려왔다. 아이들은 우리가 사준 연필과 크레파스를 보물처럼 지니고 다녔고, 며칠 사이에도 종이가 다 닳을 정도로 책을 보고 또 보고 했다.

자유롭게 몸을 움직이며 자연 속에서 충분히 뛰어놀고, 부족한 환경과 물질 속에서도 감사함을 아는 아이들에게서 펄떡이는 건강함과 순수한 행복이 느껴졌다. 그런 느낌은 그전에 만났던 한국의 아이들에게서는 거의 경험해 보지 못했던 것이었다.

이처럼 상반되는 상황을 통해, 돈과 물질이 많다고 해서, 또 많은 교육을 받는다고 해서 결코 행복이 보장되는 건 아니라는 걸 확인할 수 있었다. '풍요 속의 결핍', '결핍 속의 충만'이라는 역설이 피부로 와닿았다. 그리고 아이들의 교육과 환경에도 적절한 균형이 필요하다는 것을 알게 되었다. 나아가 조기교육과 사교육 등 우리나라의 교육 시장이 '불안'을 기반으로 성장해 온 것이 보이기 시작했다.

아이가 좋아하는 연예인이 신고 다니는 명품 신발을 사

달라고 조른다는 학부모의 얘기를 듣거나, 초등학교 아이들이 '빌거지, 휴거지, 엘사' 등 서로가 사는 곳으로 그룹을 나누고 비하하는 표현을 쓰는 것을 보면서, 아득하고 막막한 마음이 들었다. 돈과 물질이 만능으로 통하는 세상의 부조리가 아이들 사이에서도 만연되어 있어서, 그 안에서 살아가고 있는 대다수 학생들 또한 불안하고 불행한 것이 어쩌면 당연한 일처럼 느껴졌다.

'그렇다면 돈보다 중요한 것은 무엇일까?'

'돈보다 소중한 것을 가르칠 수 있을까?'

다시 품게 된 질문은 나를 또 다른 혼란으로, 또 다른 길로 이끌어가고 있었다.

—
선생님, 죽고 싶어요
—

✖

임용고시 합격 후 서울시 한 초등학교로 첫 발령을 받았다. 교과 전담 선생님으로서 처음 가르치게 된 과목은 음악이었다. 평소 음악에 관심이 많았던 나는 비가 내리는 날에는 불을 끄고 엎드려서 빗소리를 듣다가, 비를 주제로 한 피아노 곡을 들었다. 멸치잡이 노동요를 부를 때는 직접 멸치를 잡아 올리는 어부가 된 상상을 하면서 힘차게 노래를 불렀다. 강물을 주제로 한 노래가 나왔을 때는 칠판 전체를 가로지르는 커다란 강줄기를 그려 놓고 내가 보았던 인도 갠지스강 이야기를 해 주며, "우리는 어디에서 와서 어디로 갈까?"라는 질문을 던지기도 했다.

아이들은 특이할 법도 한 나의 수업 시간에 눈을 반짝이며 집중해 주었고, 내 얼굴을 그린 그림이나 쪽지, 편지로 자신의 마음을 전해주곤 했다. 아이들에게 사랑을 받으며 함께 성장하는 것이 좋았다.

함께 발령받은 동갑내기 교사 친구들과도 쿵짝이 잘 맞았다. 열정적으로 수업하는 선배 선생님들이 있었고, 너그럽게 후배 교사들을 챙겨주는 선생님들도 있었다. 나도 학생들과 동료 선생님들에게 좋은 선생님이 되고 싶었다. 내가 있어야 할 자리에 있는 것 같은 느낌이 들었다. 그런데 그 느낌은 오래가지 못했다.

당시 내게 주어진 업무는 갓 도입된 교원 평가. 진행한 수업 등을 평가해서 점수를 매긴다 하니 학교에 다닐 때처럼 긴장이 되었다. 감시당하는 느낌도 들었다. 학교에서도 성과를 보여줘야 해서 행정업무를 포함해 자잘한 일들이 자꾸 늘어났다. 그러다 보니 수업을 제대로 준비할 시간이 부족했다. 때때로 수업 시간까지 침해받았다. 무엇보다 학교 건물에서 대부분의 시간을 보내면서, 시간표와 평가 기준에 맞춰 살아가는 일상이 점점 답답해지기 시작했다.

당시 내가 있던 교과실 창문 한편에는 작은 화분에서 시들어 가고 있는 식물이 있었다. 나는 화분을 분갈이해 주듯 더 넓은 곳에 뿌리를 내리고 싶었다. 평가 기준과 제약을 넘어 마음껏 창의력을 꽃피우며 살고 싶었다. 힘든 것은 교사만이 아니었다. 아이들은 고학년이 되어갈수록 무언가에 짓눌린 듯한 표정으로 무거운 몸을 끌고 와 억지로 책상에 앉아 있는 것처럼 보였다.

교사 2년 차 때부터는 2년간 영어를 가르쳤다. 방학을 마치고 온 아이들에게

"How was your vacation? 방학은 어땠니?"

하고 물었더니,

"Terrible 끔찍했어요"

이라는 답변과 함께 방학 내내 입시학원에 다녔다며 울상을 지었다. 아이들의 생기 잃은 표정이 아직도 생생하다. 초등학생 때부터 시작되는 입시 경쟁. 생각했던 것보다 더 많은 아이들이 불안 속에 빠져 있었다. 수업 시간에 몸을 가만히 두지 못하고 떠는 아이나 틱 증상을 보이는 아이, 자리에 앉아 있지 못하고 교실을 돌아다니는 아이들은 온몸으로 불안하다고 외치고 있는 듯했다.

어느 날엔 손끝으로 자꾸만 책상을 내리찍는 아이가 있어서, 교실 밖으로 잠시 불러 이유를 물었더니,

"게임 할 때 적들을 죽이는 게 재미있어서 자꾸만 생각이나요"

라고 답변했다. 무심하게 말을 내뱉는 아이의 표정과 예상치 못한 답변에 놀랐다. 불안을 해소하기 위해 게임이나 스마트

폰에 중독되어 가는 아이들의 자화상이 내 마음에 비추어졌다. 어떤 아이들은 수행평가나 시험을 본다고 하면 울음부터 보였다. 한 개 이상 틀리면 엄마한테 혼난다며 벌벌 떠는 아이도 있었다. 나는 "잘하지 못해도 괜찮아"라고 하면서 아이들을 자주 안아주고 재미있게 수업을 진행하면서 공부에 대한 부담을 줄여주려고 노력했다. 그런데 그것이 얼마나 위안이 되어줄 수 있을지 알 수 없었다.

아이들의 마음에 대해 자주 묻고 들어주어서인지, 아이들이 종종 찾아와 자신의 마음을 털어놓았다. 어느 날엔 말썽을 많이 일으키는 것으로 유명한 5학년 남자아이가 찾아와 몇 년 전 아빠가 돌아가신 이야기를 꺼냈다. 함께 사는 엄마도 몸이 아프시다고 했다. 자신이 겪은 충격과 아픔, 슬픔을 나눌 사람이 없어서 너무나 외롭고 허전해서 잘못된 행동을 해서라도 관심을 끌고 싶었다고 했다.

어느 날엔 시험 성적 등으로 스트레스가 극에 달한 5학년 아이가 찾아와 손을 벌벌 떨며

"선생님, 죽고 싶어요"

라고 말했다. 5학년, 열한 살밖에 되지 않은 아이의 입에서 나온 충격적인 말 앞에서 나는 아무 말도 할 수 없었다. 극심한 우울증을 앓을 때 나 자신도 죽고 싶은 마음이 들었기 때문이다.

'우리는 행복하기 위해 이토록 열심히 살고 있는데, 왜 이렇게 죽고 싶은 걸까?'

나는 아이들을 통해 욕망과 비교와 경쟁을 기반으로 하고 있는 사회가 우리를 행복으로부터 얼마나 멀어지게 하고 있는지 확인할 수 있었다. 어떤 거대한 고통의 압력이, 나와 아이들을 짓누르는 것 같아 숨통이 점점 조여왔다.

—

숨은 들이쉬는 만큼
내쉴 수 있다

—

�֍

죽고 싶다는 아이의 말을 듣고서 나는 큰 고민에 빠졌다. 그 아이뿐만 아니라 교실에는 틱장애, 우울증, ADHD, 행동 장애 등 다양한 고통 증상을 보이는 아이들이 더 있었다. 어떤 아이는 끊임없이 무언가를 먹어댔고, 어떤 아이는 전혀 맥락에 맞지 않는 이야기들을 하염없이 늘어놓기도 했다. 그 아이들을 주의 깊게 바라보다 보면, 그 뒤의 아픈 부모, 그리고 그 뒤의 아픈 사회가 느껴지곤 했다.

세상이 마치 하나의 거대한 고통 덩어리 자체인 듯 다가왔다. 아픔과 고통을 호소하는 아이들을 돕고 싶어도 그 고통이 너무나 커서 나 또한 거기 휩쓸려 버리거나 압도당하는 듯했다. 강물에 빠진 사람을 구하려다 함께 떠내려가는 것처럼, 내게는 고통에 빠진 사람을 도울 힘과 지혜가 없었다. 느껴지는 고통은 갈수록 커지는데 내가 할 수 있는 건 아이들을 안고서 우는 것 말고는 없는 것 같았다. 나는 곧잘 무기력해지고 소진되었다.

어떻게 이 고통의 굴레에서 벗어날 수 있을까? 그 길을 찾던 나는 12년 동안 히말라야에서 동굴 수행을 한 영국 출신의 비구니 텐진 빠모Tenzin Palmo 스님의 여정을 담은 책을 보게 되었다. 제목은 《나는 여성의 몸으로 붓다가 되리라》. 가슴속 깊은 열망을 따라, 여러 한계를 이겨내고 명징한 깨달음에 이르기 위해 수행해 온 이야기가 가득했다. 책을 읽으면서, 고통에 빠진 누군가를 돕기 위해서는 내가 먼저 고통에서 벗어나는 법을 알아야 한다고 생각했다.

책을 덮고 나서, 스님처럼 출가를 해서라도 고통의 끝을 보리라 마음을 먹었다. 다음 날엔 서울 성북동에 있는 길상사에 가서 밤새 삼천 배를 하며 각오를 다졌다. 다리는 후들거렸지만 마음은 단단해졌다. 부모님의 허락을 구한 뒤 학교에 사표를 썼다. 더 이상 필요 없을 소지품 대부분과 옷들도 기부했다. 가르치던 아이들에게는 선생님이 지구별 학교의 학생이 되어 더 많이 배우고 오겠다고 했다. 아이들은 그런 나를 진심으로 응원해 주었다. 아이들을 위해서라도, 우리가 삶에서 진정 무엇을 배우고 가르쳐야 하는지, 더 많이 경험하고 제대로 깨닫고 싶었다. 가고 싶은 곳이 많았지만 가장 먼저 텐진 빠모 스님을 찾아뵙기로 했다.

스님이 주로 지내는 곳은 인도 북부 히말라야산맥에 있는 동규 갓찰링Dongyu Gatsal Ling이라는 비구니 사원. 평소 수행과 강연 등으로 바쁘신 분이라 미리 인터뷰 날짜까지 잡아놓고 길을 나섰다. 한국에서 인도의 수도 델리까지 경유 포함 10시간 정도 비행을 한 뒤, 12시간 정도 버스를 타고 이동하고, 다시 거기에서 두세 시간 정도 택시를 타고 들어가야 하는 길이었다. 히말라야 자락에 자리 잡은 사원으로 가는 길은 높고도 험했다. 하늘을 향해 솟은 눈 덮인 산들에 가까워질수록 새로운 세상에 온 것이 더욱 실감되었다.

첩첩산중을 거쳐 도착한 사원 사무실 2층의 작은 방. 텐진 빠모 스님과 마주 앉았다. 스님은 초록색의 빛나는 눈으로 나를 바라보시며

"어떻게 이 먼 곳까지 왔니?"

라고 물으셨다. 질문을 듣는 순간 눈물이 왈칵 쏟아졌다. 이 먼 곳까지 나를 이끌고 온 내 안의 간절한 마음과 질문이 일순간에 솟아 나왔다. 잠시 마음을 가라앉히고 나서 내가 느껴온 아이들의 아픔과 세상의 거대한 고통들에 압도당했던 이야기를 꺼내놓았다. 말하는 도중에 눈물이 몇 번이나 다시 솟아났고, 여러 이야기를 연이어 쏟아내느라 숨이 가빠지기

도 했다. 처음부터 끝까지 내 두 눈을 깊이 바라보며 이야기를 경청하시던 스님은 내 이야기가 끝나자,

"숨을 쉬어보렴"

하고 말했다. 그 말씀에 따라 숨을 쉬는 것에만 집중해 보았다. 단숨에 많은 이야기를 이어가느라 얕고 빠르게 드나들던 숨이 점점 깊어지고 느려졌다.

"우리는 숨을 들이쉬는 만큼만 내쉴 수 있지."

순간, 온몸으로 그 말씀의 의미가 느껴졌다. 들숨과 날숨의 주고받는 균형처럼, 내가 사랑으로 가득할 때 비로소 누군가에게 사랑을 전할 수 있다는 깨달음이 마치 종소리의 파동처럼 밀려왔다. 나는 숨에 집중하면서 잠깐의 침묵을 깨고 다시 질문하였다.

"스님, 제가 출가를 하는 건 어떨까요? 완전한 깨달음에 이르러야 비로소 누군가도 도우며 살 수 있지 않을까요?"

스님은 입가에 살짝 미소를 띠시더니 대답을 이어가셨다.

"만약 네가 플루트 연주자라고 하면, 카네기홀에서 공연하는 최고의 연주자가 아니라 해도, 매일 연습하고 연마하면서 그만큼 또 가르칠 수 있을 거야."

그 말씀을 들으니 스님을 만나기 전 둘러보았던 이 비구니 사원의 여러 모습이 떠올랐다. 사원에서는 스님들이 저마다 직접 빨래하고 밥하고 청소하는 일상을 이어가고 있었다.

내가 상상했던 '깨달음'이나, '고통으로부터의 자유'라는 것이, 살아가는 현실 바깥에 있는 또 다른 어떤 신비한 것이 아니라, 평범하고 일상적인 것들 안에 있을지 모른다는 생각이 들었다. 스님은 잠시 생각에 빠진 나에게 말했다.

"이 근처에는 좋은 명상센터와 사원들이 있어. 그곳에서 마음을 돌보는 방법을 배우고 익힌 뒤에 다시 돌아가서, 네가 배운 것들을 아이들에게 나누고 전할 수 있을 거야. 최근에는 영국 공립학교의 커리큘럼이나 미국의 많은 학교에서도 마음챙김을 가르치고 있단다."

순간 그 말씀을 듣고 '앗, 학교까지 그만두고 비장한 각오로 여기에 왔는데, 다시 돌아가라 하시니 어떡하지?' 하는 생각이 들기도 했다. 하지만 스님의 말씀대로 그 후 몇 년에 걸쳐서 짧게는 한 달, 길게는 몇 달씩 근처의 명상센터에 머물며 스님의 법문을 듣기도 하고, 여러 티베트 스승들로부터 명상을 배우고 익히는 시간을 가졌다.

그때 배운 것 가운데 '통렌'이라는 수행법이 있다. 이는 다른 존재의 고통을 들이마시고, 내쉬는 것이다. 상대의 것을 빼앗거나 서로에게 이익을 구하는 세상의 방식과는 정반대되는 수행이다. 이 같은 정화를 하기 위해서는, 내 안에 고통에 물들지 않는 비어 있는 마음과 깨지지 않는 다이아몬드처럼 단단한 힘이 있어야 한다고 했다.

통렌 수행을 처음 배운 곳은 인도 북부 다람살라의 투시타 명상센터였다. 히말라야 자락에 있는 이 센터는 아주 오래된 키가 큰 나무들로 둘러싸여 있었다. 이산화탄소를 들이마시고, 산소를 내쉬는 나무들이야말로 통렌 수행의 고수들이라는 생각이 들었다.

그렇게 오르고 또 올랐던 그 길을 다시 내려올 때마다 나는 내 몸과 마음을 바로 세우고 건강하게 다져나갈 수 있기를 기도하였다. 온전하게 행복한 사람으로 서가고 있는지, 내 주변의 존재들에게 마음을 다하여 사랑을 나눌 수 있을 만큼 균형과 조화가 이루어지고 있는지를 점검하였다. 사건 사고가 가득한 뉴스를 보거나 상처와 아픔이 있는 아이들을 보면서 가슴이 아프고 숨이 막혀올 때면, 의도적으로 더 깊이 숨을 들이쉬고 내쉬었다. 길고, 깊고, 고요하게 숨 쉬는 나무처럼 세상의 고통을 들이마시고 맑은 숨을 내쉴 수 있기를 바라며. 그리고 각자의 자리에서 한 그루 나무처럼 우뚝 선 사람들이 숲을 이루어 세상의 고통을 감쌀 수 있길 바라며.

—

헤어진 모습 이대로

—

✖

"와, 나는 네가 정말 노래를 끝까지 부를지 몰랐다."

학교를 그만두는 날, 교무실에서 인사를 드리며 가수 이상은의 '언젠가는'이라는 노래를 불렀다. 꽤 긴 노래를 반주도 없이 끝까지 불렀던 일이 십수 년이 지난 지금도 가끔 회자되곤 한다.

"젊은 날엔 젊음을 모르고 사랑할 땐 사랑이 보이지 않았네. 하지만 이제 뒤돌아보니 우린 젊고 서로 사랑을 했구나. 눈물 같은 시간의 강 위로 떠내려가는 건 한 다발의 추억. 그렇게 이제 뒤돌아보니 젊음도 사랑도 아주 소중했구나. 언젠가는 우리 다시 만나리. 헤어진 모습 이대로."

이 노래의 가사처럼, 당시 나는 마치 강물과도 같아서 결코 붙잡을 수 없는 젊음의 소중함을, 사랑의 가치를 조금이라도 일찍 알고 싶었다. 그리고 하염없이 흘러가는 시간 속에서 그저 떠밀리듯 살아가는 삶이 아닌, '나는 무엇인지, 어디에서 와서 어디로 가는지, 삶과 죽음의 의미는 무엇인지'에 대한 답을 찾고 싶었다.

새삼 이 노래의 추억과 가사가 떠오른 건 아이들에게 '물의 순환'을 가르치면서였다. 하늘에서 내린 비가 땅에 스며들었다가 모여서 강이 되고, 바다가 되고, 그 과정에서 증발하여 수증기가 되고, 다시 하늘의 구름이 되어 비가 되어 내리는 순환을 가르치다 보니, 노래의 가사처럼 다시 학교에서 아이들과 여러 선생님을 만나고 있는 내 모습을 어떤 큰 흐름 속에서 바라볼 수 있었다.

학교에서 떠나 있던 13년 동안, 나는 여러 나라를 여행하면서 삶의 의미와 행복의 길에 대한 답을 구하고자 했다. 히말라야, 태국, 프랑스에 있는 명상센터와 평화공동체를 찾아다니기도 했고, 인도 콜카타의 마더 테레사 하우스나 꽃동네에서 봉사활동을 하기도 했다. 호스피스 교육을 받고 난 후 죽어가는 이들의 곁을 지키기도 했다. 그렇게 돌고 돌아 떠나왔던 자리로 돌아왔다. 마치 동화 《파랑새》의 주인공처럼 가장 가까이에 있는 빛을 제대로 보기 위해 내가 닿을 수 있는 가장 먼 곳까지 다녀온 것 같은 느낌이 든다. 다시 학교로 돌아온 뒤에는 세상 속의 다양한 만남과 경험을 통해 배운 것들을 어떻게 아이들에게 더 잘 전할 수 있을지 고민한다.

> 배움이란 당신이 이미 알고 있는 것을 발견하는 일이다.
> 삶이란 당신이 알고 있는 그것을 증명하는 일이다.
> 그리고 가르침이란 당신과 마찬가지로 다른 사람에게도
> 그들이 이미 알고 있는 것을 일깨우는 일이다.
> 우리 모두는 배우며, 살며, 가르치고 있다.[14]
> ―리처드 바크

이 글처럼 나는 이 삶에서 배우고, 행하고, 가르치는 자로 살아가고 싶기 때문이다.

'물의 순환' 수업을 하면서 떠오른 또 다른 기억은 프랑스 평화공동체 플럼 빌리지에서의 순간이었다. 어느 날 틱낫한 스님은 대중 강연 자리에 찻잔을 가져와 차를 따르셨다. 그러고는 강당을 가득 메운 사람들에게

"See the cloud in your tea 당신이 마시는 차 안의 구름을 보세요"

라고 하셨다.

'차 안의 구름… 무심코 마시던 물 안에, 차 안에 구름이 있고, 비가 있고, 강이 있고, 바다가 있다니….'

그 뒤로는 무언가를 마주할 때면 더 큰 차원의 순환 속에

서 바라보게 되었다. 음식을 먹을 때도 음식에 깃들어 있는 햇볕, 땅, 바람과 같은 자연, 채소를 수확하고 손질하고 운반하고 팔고 다듬는 사람들의 손길, 그리고 그 모든 과정에 연결된 모든 생명과 물질과 에너지의 도움이 느껴졌다. 책을 볼 때도 종이가 만들어지기까지의 수많은 과정과 손길, 마음이 느껴졌다.

이런 시각으로 세상을 바라볼수록, 나는 '거대한 무엇'이라고밖에 표현할 수 없는 커다란 흐름 속에서 흐르고 있는 하나의 물방울처럼 느껴졌다. 이것은 내가 결코 혼자일 수 없으며, 내 안에 세상 만물이 깃들어 있다는 것이기도 했다. 왠지 안심되는 일이었다.

이런 경험을 아이들에게 어떻게 전할지 고민하다가 칠판에 차를 마시고 있는 사람과 찻잔을 그렸다. 그리고 찻잔의 차를 우린 물이 하늘에서 비로 내려와 땅에 스몄다가 흘러서 강이 되고, 바다가 되고, 다시 구름이 되었다가 비가 되는 과정을 그려나갔다.

물방울이 모여 강을 이루는 과정을 그릴 때는 하염없이 갠지스강을 바라보던 때가 떠올랐다. 그곳에서 죽음을 맞이하면 천국과 같은 좋은 곳으로 간다고 믿는 인도인들의 신성한 강. 그래서 인도 전역의 시신이 몰려들어 강가에는 빼곡하게 화장터가 들어서 있었다. 시신을 태우고 뿌리는 바로 그 옆에는 신성한 어머니의 강에 몸을 담그고 기도하는 사람들이 있었다. 그렇게 삶과 죽음이 뒤엉켜 흐르는 강에서 나는 작은 나무 보트를 타고 꽃과 초를 띄우곤 했다.

과거와 현재를 오가며 칠판 가득 그림이 채워졌을 때 교실 여기저기에서

"오!"

"우와!"

하는 탄성이 터져 나왔다. 어떤 친구들은 박수를 치기도 했다. 아이들의 반응은, 그 아이들이 더 큰 세계의 문을 열고 있다는 신호로 느껴졌다. 반가웠다. 그런 거대한 순환 속에서 우리의 존재와 삶을 바라본다면 우리는 노래의 가사 그대로 항상 "헤어진 모습 그대로" 만나고 또 만나게 될 것이다. 변화 속에서 함께할 뿐 영원한 이별은 있을 수 없을 테니까.

그리고 우리가 헤어진 모습으로 다시 만나게 될지라도, 또다시 언제 헤어질지 알 수 없기에, 매 순간 최선을 다해 사랑하고 싶다는 마음이 들었다. 가장 아름답게 기억될 모습은 내가 가장 사랑할 때의 모습일 거니까.

그러하기에 나는 강물 위에 아름답고 향기로운 꽃과 밝은 초를 띄우는 마음으로 아이들을 만나러 간다. 마음으로 전하는 꽃의 향기와 초의 빛이 아이들의 가슴에 전해지기를 기도하면서.

요즘도 몸이 긴장되거나 마음이 조급해질 때면 이 말을 되뇐다.
"도착했네, 집이네!" 그럴 때마다 몸과 마음이 이완되면서,
미소가 지어진다. 정말이지, 지금 이 순간의 행복을
되찾아 주는 마법의 주문이 아닐 수 없다.

4

행복을 가르칠 수 있을까?

—
도착했네, 집이네
—

✖

나는 단단히 속은 듯한 기분이 들었다. 공부를 잘하면, 그래서 좋은 대학에 가면 보장되어 있다던 행복은 거짓이었다. 대신 좋은 직장이나 결혼 등과 같은 또 다른 조건들이 더해졌다. 나는 혼란스럽고도 조급해져서, 무지개처럼 잡히지 않는 행복을 좇아 허겁지겁 뛰었다. 정해진 기준과 시간표를 이정표 삼아 좇아가면서, 남들보다 잘해야, 적어도 남들만큼은 해야 행복하다는 신념을 갖고 살았다. 그렇게 뒤처지지 않으려고 안간힘을 쓰면서 더 높이 올라가려다가 바닥에 내동댕이 쳐졌다. 그리고 우울증이라는 늪에 빠졌다.

나는 분명 행복으로 가고 있다고 생각했는데, 그럴수록 나는 그것에서 더 멀어지고 있었다. 빛이 없는 어둠에 갇혀 웅크려 있던 나는 문득 궁금했다. 내가 행복하지 않은 이유가, 이토록 치열하게 살아왔지만 죽고만 싶은 이유가.

그 이유를 찾아 나선 길에서 틱낫한 스님의 《마음에는 평화 얼굴에는 미소》라는 책을 읽고, 스님이 계신 곳으로 찾아가게 되었다. 그곳은 프랑스 보르도에 위치한 평화공동체 플럼 빌리지. 프랑스 시골 마을로 가는 길은 생각보다 만만치 않았다. 기차를 타고 파리에서 보르도까지 가는데, 갑작스런 파업으로 낯선 기차역에 내려야 했다. 어떻게든 거기에서 새로운 교통편을 구해야 했다. 프랑스어도 할 줄 몰라서 발을 동동 구르던 나는 다행히도 비슷한 처지인 분들을 만나 간신히 보르도로 가는 버스를 탈 수 있었다. 낯선 곳에서 국제 미아 신세가 될까 봐 긴장해서인지, 플럼 빌리지에 도착하자마자 간신히 숙소에 짐만 푼 채 작은 침대에 누워 끙끙 앓았다. 마치 온몸에 돌덩이가 올려진 것처럼 몸 전체가 무겁게 느껴졌다.

'한국에서부터 꼬박 하루가 걸리는 이 먼 곳까지 와서 나는 무엇을 하고 있는 걸까?'

몸이 아프니까 마음도 약해졌는지 괜히 서러운 마음마저 들었다. 그 순간 숙소 밖에서 플럼 빌리지의 노래가 들려왔다. 보통 새로 도착한 손님들을 환영하거나 명상을 시작할 때 자주 부르는 노래였다. 나는 노래를 더 잘 듣기 위해 몸을 일으켜 창가로 다가가 창문을 열었다.

도착했네, 집이네.
지금 여기에.
나는 견고하고, 자유롭네.
나는 견고하고 자유롭네.
궁극에 난 머무네.

I have arrived. I am home.
In the here and the now.
I am solid. I am free.
I am solid. I am free.
In the ultimate I dwell.

나는 늘 저 너머에 있는 미래의 목표를 이루기 위해 전속력으로 달려왔는데, 이미 도착했다니. 이미 집이라니. 밖에서는 노래가 이어졌다.

행복은 지금 여기.
모든 걱정 내려놨네.
갈 곳 없고, 할 것 없네.

112

더 이상 서두르지 않네.

Happiness is here and now.
I have dropped my worries.
Nowhere to go, Nothing to do.
No longer in a hurry.

어린아이부터 어른까지, 다양한 나라 사람들의 목소리로
여러 번 반복되는 노래를 듣다 보니 가사가 금세 외워졌다.
행복은 늘 미래에, 먼 곳에 있는 줄만 알았는데, 지금 여기의
행복이라니!

문득, 언젠가 들었던 "달리기를 멈추는 순간, 도착했다"라
는 말이 떠올랐다. 내 안에서 브레이크가 작동하는 것 같은
느낌이 들었다. 전속력으로 달리던 발걸음을 멈춘 자리에서
는, 창밖에서부터 나를 비추고 있는 햇살이, 내가 딛고 있는
땅의 단단함이, 나를 스쳐 지나가는 바람이, 그 바람에 실려
오는 향기가 느껴졌다. 그것은 내가 살아 있다는 감각이었다.

나는 노래 덕에 한결 가벼워진 몸과 마음으로 밖으로 나
갔다. 마침 저녁 식사 시간을 알리는 종이 울렸다. 채식으로
이루어진 저녁밥을 천천히 먹고서, 해가 질 무렵의 플럼 빌
리지를 걸었다. 플럼 빌리지라는 이름처럼, 숙소 가까운 곳

에는 자두가 가득 달린 키 작은 나무들이 줄지어 있었다. 숙소 밖에는 이글거리는 한여름의 태양을 닮은 해바라기들이 노을빛 아래에서 황금빛으로 출렁이고 있었다.

그 길에 멈춰 서서 말로 다 형용할 수 없는 황홀한 풍경을 보고 있는데, "당신이 깨달은 사람이라면, 예수처럼 물 위를 걷는 기적을 보여주시오"라는 질문에 미소를 띄우며, "내가 지금 두 발을 이 땅 위에 딛고 서 있는 것, 그 자체가 기적입니다"라고 화답하셨다는 틱낫한 스님의 일화가 떠올랐다. 나는 그 기적을 체험하고 싶었다.

도착한 다음 날부터 플럼 빌리지의 모든 활동과 프로그램에 참여했다. 플럼 빌리지에서 가장 유명한 활동 중 하나는 '걷기 명상'이었다. "발바닥으로 지구 어머니와 입맞춤을 하듯, 한 걸음 한 걸음 걸으세요"라고 하시는 틱낫한 스님의 안내에 따라 수백, 수천의 사람들과 함께 숲속을 거닐었다. 그 모습은 마치 한 사람, 한 사람이 모여 깊고 넓은 평화의 강줄기를 이루어 함께 흘러가는 듯했다. 그렇게 걷다가 넓은 들판이 나오면 모두가 고요하게 앉아서 몸과 마음을 관찰하는 좌선을 했다. 그럴 때면 이전까지는 느껴보지 못했던 내면의 평안이 얼굴의 미소로 피어났다.

플럼 빌리지의 모든 강의와 프로그램은 마음챙김과 깊은 경청을 바탕으로 하고 있었다. '내면 아이를 만나고 치유하기', '새롭게 시작하기 대화법' 등을 하나씩 배우고 익히면서, 날마다 껍질을 벗고 새로 태어나는 느낌이 들었다. 무엇보다 매일 저녁 무렵 10~20명의 사람들이 들판에 원을 그리고 앉아, 자유롭게 자신의 마음을 나누고 경청하는 시간을 가지면서 배운 것을 점검하고 적용할 수 있어서 도움이 되었다.

나눔의 시간에는 플럼 빌리지에 계시는 스님들의 진행으로 각자 여기에 오게 된 배경이나 이곳에서의 경험을 나누었다. 참여한 모두가 다른 사람의 외모나 옷차림, 억양이나 말의 내용 등을 평가하지 않고, 그저 모든 사람의 말을 경청하려 했다. 그런 장 안에서는 어느 누구도 이상하거나 특이하게 느껴지지 않았고, 아무도 배척되지 않았다. 온전한 원을 이루는 중요한 구성원으로 느껴졌다. 이처럼 나의 존재 자체로 괜찮다는 느낌, 있는 그대로 존중받는 느낌은 낯설지만 편안하고도 행복했다. 그것은 그전의 내가 어디에서도 경험해 보지 못했던 것이기도 했다.

나는 당시 대학원에서 상담을 전공하고 있었기에, 속해 있던 경청 그룹을 이끄시던 스님께 경청 모임의 원칙 등을 여쭈어보았다. 일본인으로서 출가하신 그 비구니 스님은

"플럼 빌리지에서는 서로를 진단하거나 판단하지 않습니다. 그저 자신과 다른 사람의 고통에 귀를 기울이고 이해하려 합니다. 그 가운데에서 치유는 저절로 일어납니다"

라고 답하셨다.

이 말씀으로, 내가 나를 사랑하고 남을 사랑하기 위해서는 내가 마음을 챙기고 깨어 있어야 함을 깨달을 수 있었다. 마음이 분주하고 혼란스러울 때는 모든 대상이 흐린 물에 비친 것처럼 왜곡되어 보이지만, 마음이 고요하게 깨어 있을 때는 마치 맑고 잔잔한 호수처럼 그 모든 것을 그대로 비출 수 있을 테니 말이다. 이런 경험 속에서 나는 남은 삶 동안 깨어 있는 마음으로 나와 내 주변과 세상을 돌보며 살겠다고 다짐했다.

돌아온 일상에서도 그곳에서 경험하고 배운 것들을 계속 연습하고 실천하며 지낸다. 요즘도 몸이 긴장되거나 마음이 조급해질 때면 이 말을 되뇐다.

"도착했네, 집이네!"

그럴 때마다 몸과 마음이 이완되면서, 미소가 지어진다. 정말이지, 지금 이 순간의 행복을 되찾아 주는 마법의 주문이 아닐 수 없다.

—

네가 진짜로
원하는 게 뭐야?

—

✖

이 세상에서 가장 힘든 일은 다른 사람이 원하는 내가 되는 것이다. 하지만 우리는 모두 이렇게 산다.
당신은 정말 당신 자신인가?[15]
─레오 버스카글리아

어느 날 학교에 낯선 사람이 들어왔다. 얼룩이 가득한 옷에 털고무신을 신은 할아버지였다. 그분은 교과실 문을 열고선 다짜고짜 선생님들에게 돈을 달라고 했다. 선생님들이 당황해서 어쩔 바를 모르고 있는데, 교감 선생님께서 오셔서 그분을 모시고 나갔다. 알고 보니 근처 학교에서 교장선생님으로 퇴임한 분이었다. 퇴임 후에도 교장선생님이라는 정체성을 놓지 못해 여러 학교를 찾아다닌다고 했다. 어딘가 짠한 마음과 함께 직업에 대해 생각해 보게 되었다.

우리는 직업을 나 자신의 정체성과 동일시하는 경우가 많다. 하지만 직장을 그만둘 때 '옷을 벗는다'라고 표현하는 것처럼, 직업 자체는 '나'가 아니다. 언제든 입고 벗을 수 있는 옷과 같다. 아무리 비싸고 좋은 옷이라 해도 내게는 불편할 수 있듯이, 나에게 잘 맞는 직업을 찾는 것은 내게 어울리는 좋은 옷을 만나는 것처럼 중요하다. 초등교사라는 직업을 그만둘 때 나의 진정한 소명에 대해, 내가 진짜 가르치고 배우고 싶은 것들에 대해 깊이 고민했다. 아이들을 가르치는 일이 좋았지만, 교과적인 지식을 넘어 삶에서 진정으로 중요한 것들을 나누고 싶었다. 무엇보다, 더 넓은 세상에서 더 많은 사람들을 만나고 배우며 그런 경험들을 나누고 싶었다.

이런 고민 끝에, 몇 년 동안 마음껏 질문하고 느끼고 배우면서, 난치병 아이들을 위한 학교, 정신건강센터, 평생교육원, 대학문화생활원, 교육청 등 여러 기관과 단체에서 마음돌봄 선생님, 명상의 숲 안내자, 상담가 등으로 일하고, 다양한 프로그램을 기획, 진행해 왔다. 그리고 공감교육센터 따비라는 상담센터를 열어 "사람들 마음 안의 얼음을 녹이고, 씨앗을 꽃피우는 따뜻한 비"처럼 살아가고자 했다. 상처와 아픔으로 얼음처럼 차갑게 굳어 있던 몸과 마음이 부드럽게 풀어지고, 다시 웃음이 피어나는 모습을 볼 때면 가슴 한가득 꽃이 피는 느낌이 들었다. 그리고 글을 쓸 때면 내가 생생하게 살아 있다는 감각을 체험하곤 했다.

이런 경험들을 통해 나는 '내가 만나는 사람들의 가슴에 꽃을 피워내는 마음의 정원사'가 되고자 하는 꿈을 가지게 되었고, 그 꿈을 매일 이루어 가고 있다. 어제도 오늘도 배우고, 가르치고, 글을 쓰는 행복한 사람으로 살아가며, 내가 만나는 모든 사람들의 내면에 있는 빛을 보며 친절하게 대하고자 노력하고 실천한다. 이렇게 살아가다 보면 내가 가진 여러 직업은 그 꿈을 위한 통로이지, 그 자체가 목적이 되지 않는다.

그런데 아이들에게 꿈에 대해 물으면, 대개 직업을 이야기한다. 20~30명 남짓한 교실에서 아이들의 꿈은 10가지 내외로 정해져 있다. 의사, 판사, 연예인, 운동선수, 교사, 공무원…. 최근에는 건물주, 유튜버 등이 더해졌다. 아이들의 꿈은 자기 탐색에서 나온 진짜 꿈이 아니라 부모님이나 외부로부터 온 가짜 욕망인 경우가 많다. 인공지능의 발달로 상당수 직업이 사라지거나 직업의 미래가 급변하게 될 거라는 전망 속에서도 아이들의 꿈은 크게 달라지지 않았다. 아이들을 가르치는 교육 역시 크게 달라지지 않았다. 지금 아이들이 학교에서 배우는 것들은 '미래에 사라질 직업을 위한 교육'이라는 말까지 나온다. 이런 상황에서 아이들의 꿈과 직업을 탐색하기 위해서는 어떤 수업을 할 수 있을까?

나는 북미 원주민이 성인식을 할 때 혼자 숲속 깊은 곳, 성스러운 장소로 들어가 며칠 밤 두려움을 이기며 내면의 소리를 듣는 '비전 퀘스트Vision Quest'에서 그 힌트를 얻었다. '소명 찾기'나 '신명 탐구'라고도 번역되는 이 시간 동안 아이는 '나는 무엇인가? 내가 이 세상에 온 이유는 무엇인가? 나는 세상에 무엇으로 어떻게 도움이 될 것인가?' 등의 질문을 던지며 내면의 소리를 듣는다. 그리고 그 답을 찾아 돌아왔을 때 비로소 사회에서 역할을 해나갈 수 있는 성인으로 인정받는다.

10여 년 전, 어느 수업 시간에 "나는 무엇인가?"라는 질문에 "세상에서 숨 쉬고 있는 한 생명체", "내가 가장 행복한 순간은 언제인가?"라는 질문에 "이끼 등 작은 생명들을 관찰하는 것"이라고 답을 썼던 한 초등학교 6학년 아이는 대학에서 생명과학을 전공한 뒤 졸업 후 숲 연구소의 인턴이 되었다. 그리고 자신이 사랑하는 숲을 연구하고 지키는 사람이 되기 위해 독일과 핀란드로 유학을 떠나 종종 소식을 전해 온다.

이처럼 아이들이 자신의 꿈과 소명을 이뤄 나가는 것을 지켜볼 때 크나큰 보람과 기쁨을 느낀다. 그럴 때면 소명이란 "마음 깊은 곳에서의 기쁨과 세상의 절실한 요구가 만나는 지점"[16]이라고 표현한 프레드릭 비크너의 말에 깊이 공감하게 된다.

꿈과 소명을 이루어 가는 과정, 진정한 나를 찾고 거듭나는 과정에서 '영혼의 어두운 밤'이라 불리는 고난의 시기를 겪을 수 있다. 몇 차례 깊은 어둠의 시간을 겪으며 나는 나 자신과 내가 만나는 모든 이들을 위해 이런 기도문을 읊조린다.

우리로 하여금 언제나
어둠이 없으면 어떤 것도 탄생하지 않고
빛이 없으면 어떤 것도 꽃 피지 않음을 아는
희망을 품은 영혼의 정원사가 되게 하소서
—메이 사튼 May Sarton

—

쌀 한 톨의
무게 재기

—

✖

"오늘은 퀴즈로 수업을 시작해 보겠습니다."

아이들의 눈에 빛이 돌고, 귀가 쫑긋해진다. 아이들에게 눈을 감고 두 손을 내밀라고 한 뒤, 저마다의 손에 쌀 한 톨씩 올려준다. 그러고는 눈을 뜨기 전에 촉각 등을 이용해서 그게 무엇일지 예상해 보게 하고, 눈을 뜬 다음에는 그 쌀 한 톨의 무게를 맞혀보라고 한다.

손바닥을 위로 올렸다 내렸다 하면서 무게를 가늠하던 아이들이 앞다투어 손을 든다.

"1그램요."

"2그램요."

내 표정이 신통치 않은 것을 보고는, 아이들은 소수점까지 동원하여 더 아래로 내려가 보거나 자릿수까지 바꿔가면서 무게를 한껏 낮춰 발표한다.

"0.23그램요."

"0.45그램요."

"0.001그램요."

하지만 이번에도 나는 아이들에게 정답을 얘기하지 않은 채 다음 문제를 또 낸다.

"쌀 한 톨 안에 무엇이 들어 있을까?"

"밥", "씨앗", "원자", "생명"… 다양한 대답이 이어지는 가운데 한 아이가

"저요, 저요!"

라고 큰 목소리로 외치며 손을 들더니 순서가 되자

"탄수화물요"

하면서 스스로 생각해도 대견한 듯 미소를 짓는다.

이렇게 무게부터 성분까지 아이들의 다양한 답변을 모두 듣고 나서, 홍순관 님의 '쌀 한 톨의 무게'라는 음악을 함께 듣는다.

쌀 한 톨의 무게는 얼마나 될까

내 손바닥 위에 올려놓고 무게를 잰다

바람과 천둥과 비와 햇살과

외로운 별빛도 그 안에 스몄네

농부의 새벽도 그 안에 숨었네

쌀 한 톨의 무게는 생명의 무게

쌀 한 톨의 무게는 평화의 무게

쌀 한 톨의 무게는 농부의 무게

쌀 한 톨의 무게는 세월의 무게

쌀 한 톨의 무게는 우주의 무게[17]

그제야 아이들은 "아~" 하면서, 자신이 미처 생각하지 못했던 차원에서 쌀 한 톨을 다시 바라본다. 집중해서 마지막까지 노래를 감상하던 한 아이는 쌀 한 톨을 들고 있던 손바닥을 책상 아래 바닥까지 툭 떨어뜨리며 말한다.

"와, 우주 무겁다! 갑자기 쌀이 무거워졌어요!"

하나의 숫자를 골라 시험지에 정답을 쓰고, 숫자로 된 성적과 등수를 받으면서 어느샌가 숫자에 익숙해져 버린 아이들. 아이들은 자신도 모르게 다른 모든 것들까지도 숫자로 가늠하게 된다. 물론 숫자는 중요하다. 숫자는 우리가 행복하게 살아가기 위한 여러 효과적인 수단 중 하나이다. 그런데 숫자에만 빠지게 되면, 어른이 된 후에는 수치화하고 비교하는 것만 남을 수도 있다. 연봉이나 아파트 평수, 자동차 크기 등의 숫자로 자신과 서로를 비교 평가하게 된다면 그건 숫자에 갇혀버린 삶이다. 행복과는 동떨어져 있다.

나는 아직은 유연한 아이들의 시선과 마음을 느끼며 말한다.

"숫자는 세상을 살아가는 데 꼭 필요하고 아주 중요해. 그런데 그것에 갇힌다면 숫자로 드러나지 않는 소중한 것들을 보지 못할 수도 있어. 그러니까 숫자 너머에 있는 또 다른 중요한 걸 놓치지 말자."

그러고 나서 아이들과 함께 정현종 시인의 시 '비스듬히'를 읽는다.

생명은 그래요.
어디 기대지 않으면 살아갈 수 있나요?
공기에 기대고 서 있는 나무들 좀 보세요.

우리는 기대는 데가 많은데
기대는 게 맑기도 하고 흐리기도 하니
우리 또한 맑기도 흐리기도 하지요.

비스듬히 다른 비스듬히를 받치고 있는 이여.[18]

시를 읽고 난 뒤에는 여기 나온 '비스듬히'라는 단어를 몸으로 표현해 본다. 두 명씩 짝을 지어 '人사람 인' 자처럼 서로 비스듬히 기대고 있는 모양새를 움직임으로 만들어 보는 것이다. 어깨나 등을 맞댄 아이들도 있지만, 어떤 아이들은 마치 장수풍뎅이 두 마리가 힘 겨루기할 때처럼 서로 이마를 맞대고서 깔깔거리기도 한다. 이렇게 두 명씩 활동을 한 뒤에는 서로 어딘가를 기댄 모습으로 네 명, 여덟 명 등으로 인원을 죽 늘려간다. 그러다가 어느 순간 "서로가 완전히 붙어 있는 한 몸이 되었다고 생각하며 움직이세요"라고 새로운 안내를 한다. 평소보다 불편하고 낯선 움직임이 재미있는지, 교실 여기저기에서 키득거리는 웃음이 흘러나온다.

그다음에는 다시 두 명이 짝을 짓게 하고서 두 명에 하나씩 1미터 정도 길이의 붉은 털실을 나눠준다. 아이들은 엄마 뱃속에서 탯줄로 연결되어 있을 때처럼 붉은 실을 잡고서 서로의 연결을 느끼면서 움직이기 시작한다. 그 뒤에는 몇 개의 실을 더 나눠 주어 모두가 양손에 실을 잡을 수 있도록 한다. 그렇게 교실의 모든 아이들이 붉은 실로 연결되면, 잠시 자기 자리에 서서 눈을 감고 연결된 전체 안에서의 나를 느껴보며 호흡을 하도록 한다. 커다란 연결망 안에서의 나를 느껴보는 이 순간에는 고요하고 깊은 숨이 교실을 채운다.

그 상태에서 잠시 머무르다 다시 눈을 떴을 때는 양손에

실을 쥐고 서 있는 상태에서 한 명의 친구만 움직이게 한다. 그리고 한 친구가 움직여서 실이 당겨지면 나도 따라 움직이게 되는 활동을 통해, 한 존재의 움직임이 어떻게 전체에 영향을 끼치는지 느껴본다. 이를 통해 아이들은 우리가 아주 정교하게 짜인 천의 씨실과 날실처럼 서로 긴밀하게 연결되어 있다는 사실을 깨닫게 된다.

'공동체共同體'라는 말처럼, 내가 거대한 한 몸의 일부로서 함께 존재한다는 것을 발견하게 되면, 개인의 행복은 결코 세상의 행복과 분리될 수 없음을 자각하게 된다. 그렇다면 나와 모두의 행복을 위해서 우리는 무엇을 해야 할까?

옛날 사람들은 말했습니다
돌고 도는 것은
돌고 돌아 다시 돌아온다고

그러니까 당신은
맛을 깊이 음미하며 노래를 부르세요
신나게 맘껏 춤을 추세요
하루하루를 정성스레 살아가세요
그리고 사랑할 때는
마음껏 사랑하세요

설령 당신이 상처를 받았다 해도
그런 적이 없는 것처럼

먼저 당신이
사랑하세요
이 마을에 살고 있는
당신과 다른 모든 이들을

진정으로 나, 그리고 우리가
이 마을을 사랑해야 함을 알고 있다면
정말로 아직은 늦지 않았습니다
우리를 갈라놓는 비열한 힘으로부터
이 마을을 구할 수 있을 것입니다
꼭19

　　아이들과 십수 년째 매해 읽는 그림책《세계가 100명의
마을이라면》으로 수업을 마무리하다 보면, 홍수가 나도 휩
쓸려 가지 않도록 서로의 몸통을 끈으로 묶듯이, 사랑이라는
끈으로 아이들과 나의 마음을 동여매는 것 같은 기분이 든
다. 나는 세상의 파도에도 흔들림 없이 우리를 지켜줄 이 끈
의 힘을 믿는다. 교실에서부터 우리가 얼마나 긴밀하게 연결

되어 있는지 배운 아이들이, 쌀 한 톨에서 우주의 무게를 느낄 수 있는 아이들이, 세상 모든 것들이 서로 비스듬히 기대어 있다는 것을 아는 아이들이 더불어 행복한 세상을 만들어 갈 거라 믿으며, 오늘도 더 깊이 닻을 내리며 중심을 잡는다.

—
사계절,
매일의 기쁨 찾기
—

✖

"오늘은 계절 느끼기 수업을 할 테니 밖으로 나갑시다."

"와!"

아이들이 환호성을 지르며 들뜬 표정을 짓는다.

"그럼 밖으로 나가기 전에 퀴즈 하나만 낼게요. 봄은 왜 봄일까요?"

아이들이 고개를 갸웃거릴 때 나는 칠판에 땅과 씨앗과 새싹 그림을 그리며 힌트를 준다.

"겨울 동안 어두운 땅과 씨앗 속에 웅크려 있던 싹이 봄이 되면 어떻게 되나요?"

나는 씨앗과 흙을 뚫고 나온 새싹이 된 것처럼 두 눈을 크게 뜨고 고개를 두리번거리며 교실 여기저기를 바라본다.

"아, 새로운 세상을 보아요!"

"맞아요! 그렇게 본다고 해서 봄이에요."

퀴즈를 맞힌 뒤에는 '봄을 제대로 보기'라는 미션을 주고 아이들과 함께 운동장에 나간다.

겨우내 얼어 있던 운동장은 땅이 부드럽게 풀려 있고, 나뭇가지와 땅 위에는 아기의 첫 이 같은 새싹들이 돋아나고 있었다. 색색의 꽃들도 여기저기 피어나기 시작한 봄이었다. 아이들은 학교 급식실 앞 외진 곳에 피어난 등나무꽃과 신비로운 색의 광대노린재, 그리고 바위틈 사이에 핀 애기똥풀을 발견하고선 비를 머금은 꽃망울처럼 싱그러운 표정을 지었다. 가까이 다가가 꽃향기를 맡겠다며 코를 킁킁거리다가 코에 꽃가루를 묻힌 친구의 얼굴을 보고는 소리 내며 웃기도 했다.

교실에 돌아와서는 저마다 보고 느낀 봄을 그림에 담아 보는 시간을 가졌다. 다양한 표현을 해볼 수 있도록 봄을 주제로 한 여러 장르의 음악을 들으며 그림을 그렸다. 검은색 종이 위에 색연필과 파스텔로 그림을 그리니, 봄의 알록달록한 색감이 더 진하게 살아났다. 그림 그리기에 집중하던 아이들은 시간이 너무 빨리 간다며 아우성쳤다. 그림을 그리다 한 아이가 손을 들고 질문을 했다.

"선생님, 그러면 여름은 왜 여름이고, 가을은 왜 가을이고, 겨울은 왜 겨울인가요?"

나는 칠판에 그림을 그리며 다시 질문을 한다.

"봄에 핀 꽃이 진 자리마다 무엇이 맺히죠?"

"열매요."

"그렇죠. 여름은 열매가 '열음' 하는 때죠. 그리고 가을은 열매를 '갓어(끊어)' 추수와 수확을 하는 계절이에요. 마지막으로 겨울은 '머물다, 집에 있다'는 뜻의 '겻다'라는 말에서 나왔어요."

아이들은 마치 수수께끼를 푼 듯 "아하!" 하며 감탄사까지 터뜨리면서 고개를 끄덕였다.

아이들에게 계절 단어의 의미를 설명하다, 내 삶에서의 계절을 떠올려 보게 되었다. '청춘靑春'이라는 낱말에 봄이 있듯이, 젊음은 봄에, 중년은 가을에, 노년은 겨울에 비유되는 것도 계절과 우리의 삶이 그만큼 닮았기 때문일 것이다. 실제로 사람이 자신의 나이에 맞게, 계절의 특성에 따라 잘 살아갈 때 '철이 든다'라고 한다.

내가 계절의 변화에 더욱 관심을 갖게 된 건 미국의 교육자 파커 파머의 철학을 바탕으로 한 '마음 비추기' 피정에 참여하면서부터였다. 파커 파머는 "계절은 인생의 움직임을 나타내는 현명한 비유"라며, 무르익은 열매와 씨앗이 땅으로 떨어지는 가을을 "참자아의 씨앗"이 심어지는 때라고 보았다. 그리고 고독과 인내의 겨울을 거쳐 봄과 여름을 맞이하는 사계절을 삶에서 반복적으로 경험하면서, 우리는 삶의 순환을 이해하고 성장할 수 있다고 말했다. 이를 체험하기 위해 각 계절마다 2박 3일씩 자연 속의 공간에서 피정이 이루어진다. 참가자들은 계절에 맞는 시와 글을 읽거나 질문에 대한 답을 나누어 가며 계절의 의미를 탐구한다.

온몸과 마음으로 계절을 느끼다 보면, 보다 큰 흐름 안에서 삶의 속도와 위치를 가늠해 볼 수 있다. 자연 속에서 물이 흐르는 소리를 듣고 바람에 흔들리는 나뭇잎을 바라보거나 어디서든 피어나는 꽃들을 바라보다 보면, 엉켜 있던 복잡한 생각이나 감정들이 스르르 풀려나갈 때가 많았다. 살아 있는 계절을 느껴보는 것만으로도 좁아져 있던 시야가 넓어지고 마음이 열리면서 다른 존재들과 더 깊이 연결되는 느낌이 들었다. 마음이 우울하고 힘들어서 어둡고 추운 겨울처럼 느껴질 때도, 언젠가 꼭 봄이 올 거라 생각하며 견딜 수 있는 힘이 생겨났다.

계절 속에서 나와 나의 삶을 바라볼수록, 전체 속에서의 일부분이자 전체와 하나인 나를 느끼게 되었다. 무엇보다 대자연과 그 순환 속에서 나 자신이 한없이 작아지는 체험을 했다. 내가 작아질수록 내가 가지고 있던 생각과 고통과 고민의 크기도 자연스럽게 덜어졌다. 삶에서 겨울과 같은 추위와 어둠의 시간이 찾아왔을 때도, 이 또한 어느 한 계절이 지나가듯 그렇게 변해가리라 생각하면, 그 시간을 이해하고 견디는 게 더 쉬워졌다.

이런 소중한 경험이 있었기에 나는 아이들과의 수업 시간에 최대한 계절의 흐름과 함께하고자 한다. 계절마다 운동장에 나가 계절의 변화를 느껴보기도 하고, 꽃이나 단풍 등 계절을 느낄 수 있는 자연물로 교실을 꾸미기도 하고, 계절에 관한 그림책과 시를 읽거나 음악을 듣거나 그림을 그리는 활동을 하면서 교실 안으로 계절을 초대한다.

봄에 이어 여름의 아이들은 뜨거운 햇살을 받으며 자라나는 여름풀과 나뭇잎의 내음도 맡아보고, 까만색 분꽃 씨앗을 분질러서 하얀 가루를 만져보기도 하고, 꽃이 진 자리에 맺힌 감이나 산수유 등 갖가지 열매들을 찾아내기도 했다. 가을에는 여러 색으로 물든 단풍과 낙엽, 빨갛고 까맣고 노란 열매들을 모아서 땅 위에 얼굴이나 나비 등을 그려보기도 하고, 겨울에는 하얗게 날리는 눈송이와 함께 춤을 추듯 운동장을 뛰어다니기거나 눈밭을 뒹굴기도 했다. 이런 활동을 통해 아이들은 각 계절에 맞는 기쁨과 즐거움을 찾아가는 듯 보였다.

계절 속에서 스스로를 느끼고 표현해 보는 수업을 하면서 아이들이 맞이하고 발견한 것들, 감탄하며 맡았던 봄날의 향긋하고 알싸한 꽃향기, 알알이 맺힌 여름날의 귀여운 열매, 가을날의 오색 단풍, 그리고 겨울날 춤추듯 날리는 하얀 눈송이들이 아이들의 가슴에 오래도록 기억되기를 바란다. 계절이 순환하듯 아이들의 삶도 자연과 함께 조화롭게 흐르기를 바란다.

> 사랑의 먼 길을 가려면
> 작은 기쁨들과 친해야 하네[20]
>
> 그러나 내가
> 오늘도 가까이
> 안아야 할 행복은
>
> 바로 앞의 산
> 바로 앞의 바다
> 바로 앞의 내 마음
> 바로 앞의 그 사람
>
> 놓치지 말자
> 보내지 말자[21]

이해인 수녀님의 시 '작은 기쁨'과 '가까운 행복'에서처럼, 어느 계절이든 바로 앞의 행복을 느낄 수 있는 눈과 마음이 있다면, 아이들은 언제나 매일의 기쁨 안에서 살아가게 될 것이다. 그리고 그 기쁨은 때로는 지치기도 하고 고단하기도 한 날들에 위로와 힘이 되어줄 것이다.

지금은 봄날의 새싹 같은 아이들이 여러 번의 봄과 여름, 가을과 겨울, 그리고 다시 돌아오는 봄을 맞이하면서 점점 더 깊어지고 성숙해 갈 모습을 상상하면 마음이 풍요롭게 차오른다.

—

꽃들에게 희망을

—

✖

5학년 국어 교과서에 《꽃들에게 희망을》이 실려 있었다. 초등학생 때 읽었던 책이라 반가웠다. 30여 년의 시간을 가로질러, 내 삶에 커다란 영향을 준 책을 다시 아이들과 함께 읽다 보니 타임머신을 탄 것 같은 기분이 들었다.

책에는 두 마리의 애벌레가 주인공으로 등장한다. 알을 깨고 나와 평화로운 일상을 살던 두 애벌레는 어느 날 하늘 높이 솟은 애벌레 기둥을 보고 그곳에 오른다. 하지만 더 높은 정상으로 오르기 위해 다른 애벌레들을 밟고 올라가던 애벌레들은 기둥에서 내려와 나비가 되는 길을 선택한다. 나는 살아가다 힘든 시간과 맞닥뜨릴 때면, 나비가 되기 위해 작고 어두운 고치 안에서의 시간을 견디던 애벌레의 모습을 떠올리곤 했다.

깊은 우울증을 겪으며 내 존재와 삶이 산산이 부서지는 경험을 한 뒤, 나는 파랑새와 나비를 좇는 아이처럼 행복이 무엇인지 찾아다녔다. 그 방법 중 하나가 책을 통해 알게 된, 행복해 보이는 사람들을 직접 만나 강의를 듣거나, 질문하는 것이었다. 그 가운데 기억에 남는 순간 중 하나는 베르나르 베르베르 작가와의 질의 응답 시간이었다. 서울 코엑스에서 열린 '독자와의 만남'에서 나는 두 가지 질문을 했다.

Q 1: 저는 글쓰기를 사랑하는 작가 지망생입니다. 작가가 되길 열망하는 이들에게 조언을 부탁드립니다.

A: 세 가지를 말씀드리겠습니다.

첫째, 글은 규칙적으로 쓰는 것이 매우 중요합니다. 예를 들어, 자기 스스로 하루 한 시간 정도 약속을 정하고 꾸준히 쓰기를 추천합니다.

둘째, 스스로를 평가하지 말고, 어떻게 되든 끝까지 글을 쓰십시오. 많은 사람들이 어느 정도 쓰다가 중도에 읽어보고는 마음에 들지 않는다며 포기합니다. 하지만 평가는 책 한 권 분량을 모두 완성한 뒤에 하십시오. 매일 4~5쪽 정도의 단편을 쓰는 연습을 하면 글 쓰는 기술이 늘 것입니다.

셋째, 글 쓰는 것 자체에서 즐거움을 찾으십시오. 그래야 쓸 때도 즐거움이 생기고 끝까지 작업할 수 있습니다. 중도 포기는 금물입니다.

Q 2: 작가님의 책을 보면 영적인 부분이 많이 나오는데, 실제로 영적인 삶, 사후세계, 윤회에 대해 관심이 많으신지, 어떻게 생각하시는지 궁금합니다.

A: 실제로 관심이 많습니다. 특히 동양철학, 명상, 호흡 훈련 등에 관심이 많습니다. 이는 서양의 철학처럼 관념적이기보다 경험을 바탕으로 실제적인 체험을 중시한다는 점에서 좋습니다. 사후세계나 윤회를 믿는다고는 할 수 없지만, 계속 호기심을 갖고 있습니다.

하지만 작가는 이런 것들에 대한 자신의 믿음을 있는 그대로 전하기보다 중립적인 입장을 취해야 한다고 생각합니다. 이 또한 개인적인 취향이기 때문입니다. 우리는 항상 삶과 죽음, 사후세계와 신에 대해 질문을 던져야 하지만, 이와 동시에 겸손해야 합니다. 진정으로 철학적이고 영적이라는 것은, '우리는 무엇이며, 어디에서 왔는지'에 대해 끊임없이 질문하는 것입니다. 스님이나 신부님 같은 수행자들에게 답을 구하기보다는, 스스로가 자신의 문제에 관심을 가지고 편견 없이 해답을 찾기 위해 노력해야 합니다.

이를 실행하는 좋은 방법 중 하나로, 깊고 어두운 밤 땅에

누워 하늘과 별을 쳐다보는 것을 추천합니다. 또한 사회의
틀이나 법칙에서 벗어나 생각해 보는 것도 중요합니다. 부모
님이나 스승들의 경험을 통해 답을 얻을 수도 있겠지만, 궁
극적으로는 스스로 모든 것에서 자유로워져야 합니다. 이를
위해서는 나 자신에게 진실로 즐거움을 주는 것이 무엇인지
잘 알아야 합니다. 그러나 대부분의 사람들은 자신이 아닌
다른 사람들에게 즐거움이 되는 일을 하며 살고 있습니다.

질문에 답을 마친 순간, 뜻밖에도 작가가 나에게 행복에
대해 물었다.

Q(베르나르 베르베르의 질문): 그렇다면, 이번에는 내가 당
신에게 질문하겠습니다. 당신이 가장 행복한 순간을 다섯 가
지만 바로 이야기해 보십시오.
A(나의 대답): 저는 글을 쓸 때 제가 살아 있음을 느낍니
다. 그리고 이렇게 다른 사람들과 교감하고 소통할 때 행복
합니다. 세 번째, 저는 아이들을 가르치는 일을 하는데 그 아
이들과 정말 하나가 되었다는 느낌이 들 때 기쁨을 느낍니
다. 네 번째는 다른 존재들과 자연 속에서, 아까 말씀하셨듯
별이랑 달이랑 나무랑 함께 존재한다고 느낄 때 행복합니다.
그리고 마지막으로 지금 정말 행복합니다.

갑작스러운 질문에 즉흥적으로 답했지만, 그 안에는 내가 삶에서 진정으로 지키고 싶은 것들이 담겨 있다. 그 후 나는 만나는 아이들과 사람들에게 같은 질문을 던지곤 한다. 그리고 행복을 주제로 한 수업을 할 때면 아이들의 눈이 그 어느 때보다 빛나는 게 느껴졌다. 내가 아이들에게 던지는 질문은 아래와 같다.

1. 행복이란 무엇인가?
2. 내가 가장 행복한 순간은 언제인가?

아이들은 "행복이란 무엇인가?"라는 질문에 "마음이 편안하고 부드러운 느낌이 들 때", "안 좋은 감정이 없을 때", "아무 근심 걱정 없이 즐거운 일을 할 때", "자유롭게 원하는 것을 하는 것", "즐거운 감정", "사람이 느낄 수 있는 가장 멋진 감정", "사람들과 웃음을 나누는 것" 등의 대답을 했다.

행복한 순간에 대해서는 "집으로 가는 골목길을 걸을 때", "택배 박스를 뜯을 때", "숙제를 끝내고 마음 편히 게임을 할 때", "아빠와 따뜻하게 낮잠을 잘 때", "귤을 까먹으며 넷플릭스를 볼 때", "여행 가는 비행기를 탈 때", "전기장판을 틀고 핸드폰을 볼 때", "자전거를 타며 바람을 느낄 때", "해 질 녘 강물 위에서 빛나고 있는 잔물결을 바라볼 때" 등의 대답이 나왔다. 행복한 순간들에 대해 발표하고 서로를 보면서, "맞아, 맞아! 나도 그래!"라고 맞장구치는 아이들의 모습이 사랑스러웠다.

아이들의 이야기를 듣고 난 뒤 "선생님은 행복을 느낄 때 가슴에서 꽃이 피어나는 기분이 들어"라고 말하며, 함께 경험을 나누곤 하였다. 그리고 각자가 느끼는 행복한 순간과 장면을 그림으로 표현해 보자고 하였다.

수업을 마친 후 아이들의 그림을 한참 동안 바라보다가, 헤르만 헤세의 '행복'이라는 글이 떠올랐다.

> 그대가 행복을 찾아 헤맨다면
> 아직 행복해질 준비가 되지 않은 것
> 세상의 모든 사랑스러운 것들이
> 그대의 것일지라도
>
> 그대가 잃어버린 것을 안타까워하고
> 목표만을 향해 쉼 없이 달리고 있다면
> 진정한 마음의 평화가 무엇인지 모르는 것
>
> 그대가 모든 소망을 단념하고
> 행복이라는 이름으로

목표와 욕망에 대해 더는 말하지 않을 때

그때야 비로소
세상의 모든 어둠이 그대에게서 멀어져 가며
그대의 영혼은 평화로워질 것이다.[22]

　진정으로 행복하다는 것은 무엇일까? 진정으로 자유롭다는 것은 무엇일까? 평생의 화두와 같은 이 질문에 명확한 답을 하기는 여전히 어렵다. 하지만 아이들을 가르치다 알게 된 것은 있다. 지금 이 순간을 즐기며 웃고 우는 아이들에게서 행복의 기술을 배워야 한다는 것, 교사로서 이 땅에 선 내가 할 일이 있다면 그것은 아이들의 행복을 방해하지 않는 것, 아이들의 행복과 웃음을 배우고 지켜주는 것, 아이들이 가장 자기답게 피어날 수 있도록, 가장 자유롭게 날 수 있도록 기도하고, 응원하며, 지켜보는 것.

마음의 창인 눈으로 서로를 바라볼 때면
'우리 모두는 고통을 피하고 싶어 하고,
행복하고 싶어 한다'는 진실과 마주하게 된다.
그리고 그 진실을 발견할 때,
우리는 오해를 넘어 이해를,
미움 대신 사랑을 선택할 수 있게 된다.

5

단절은 고통, 연결은 사랑

—

눈 맞춤의 기적

—

✖

몇 년 전 토요일, 서울의 한 초등학교 다목적실에서 가족 힐
링 프로그램을 진행했다. 4학년 남자아이와 함께 참여한 한
아버지는 몇 번이나 눈시울을 붉혔다. 첫 번째는 함께 시를
읽을 때였다.

> 그것이 무슨 인생인가
> 근심에 가득 차 가던 길을 멈춰 서서
> 잠시 바라볼 시간조차 없다면.
> ……
> 햇살 눈부신 한낮, 마치 밤하늘처럼
> 별들 반짝이는 강물을 바라볼 시간이 없다면.

......

얼마나 불쌍한 인생인가.

근심에 가득 차 가던 길 멈춰서서

잠시 바라볼 시간조차 없다면.[23]

—윌리엄 헨리 데이비스, '여가'에서

　아이들과 잠시 떨어져서 부모님들끼리 모여 시를 읽으며 마음에 와닿는 구절과 느낌을 나누던 시간에, 아버지는

　"아, 저는…"

이라고 말끝을 흐리다가

　"매일 새벽에 나가서 가족들이 다 잠들고 나서야 집에 들어오는 생활을 하다 보니 가족들을 바라볼 시간이 없었어요. 너무나 불쌍한 인생을 살아온 것 같아요"

라며 눈물을 훔치셨다.

　두 번째는 아이와 함께 다시 모여 서로의 눈을 1분 동안 바라보는 시간이었다. 아버지는 쑥스럽고 어색한 듯 처음에는 아이의 눈을 피하다가, 아빠의 눈을 쫓는 아이의 눈동자와 마주하고선 이내 두 눈이 빨개지셨다.

　모든 활동을 마치고 나서 인사를 나누는데 아버지께서 다가와 말씀하셨다.

　"선생님, 고맙습니다. 아이가 태어났을 때 말고는, 오늘처

럼 아이의 눈을 제대로 바라본 적이 없었던 것 같아요. 사실 애 엄마가 신청해서 억지로 왔는데, 덕분에 중요한 걸 배우고 느끼고 갑니다."

그 말씀에, 나의 아버지가 떠올랐다. 나의 아버지도 나와 눈을 마주하는 걸 힘들어하셨다. 내가 클 때는 일을 하시느라 바빠서 새벽녘과 밤늦은 시간에 조용히 출근하시고 퇴근하시고를 반복하셨다. 그 부지런함 덕분에 물질적인 부족함 없이 성장했지만, 마음 한 켠에서는 채워지지 못한 무언가에 대한 갈망이 커가고 있었다. 기억 속의 아버지는 늘 바빴고, 말씀이 없었고, 몸은 늘 뻣뻣하게 굳어 있었다.

이후에 대학원에서 심리상담 공부를 하면서, 아이가 부모의 사랑을 느끼는 통로가 '눈 맞춤, 스킨십, 경청, 공감'이라는 사실에 나는 내 안의 채워지지 못했던 결핍을 비로소 이해할 수 있었다. 내 안에는 나를 바라보고, 안아주고, 다정하게 말 걸어주기를 바라는 어린아이가 있었다. 텅 비어 있는 것 같은 마음을 채우고자 나는 플럼 빌리지에서 '새롭게 시작하기'라는 프로그램을 경험한 뒤 아버지와의 눈 맞춤과 대화를 시도해 보았다.

아버지와 두 눈을 맞추고 대화를 했을 때 내가 마주했던 건, 오지 않는 아버지를 기다리고 있는 외롭고 슬픈 아이였다. 아버지의 두 눈에는 당신이 돌이 되기 전 교통사고로 당신의 아버지를 잃은 깊은 고통이 맺혀 있었다.

"아빠도 아빠가 없이 커서 어떻게 아빠 역할을 해야 하는지 몰랐다."

눈 맞춤 뒤에 이어진 아버지의 말씀에 눈물이 쏟아졌다. 긴 세월 끝에 먼 곳까지 돌고 돌아와 아버지의 눈을 제대로 바라보고 나서야, 내 안에 차갑게 굳어 있던 얼음 같은 마음이 울음으로 녹아내렸다. 텅 빈 것 같은 외로움과 쌓여 있던 서운함, 어떤 상황에서도 당신의 자리를 지켜주신 아버지에 대한 고마움, 모든 것을 참고 인내하며 살아오신 아버지의 생에 대한 안쓰러움과 애잔함이 뒤엉켜 강물처럼 흘렀다.

서로의 눈을 바라보는 프로그램을 진행할 때면, 사람들은 보통 어색한 웃음을 지으며 다른 곳을 바라보거나 어쩔 줄 몰라 하다가, 어느 순간 아무 말도 하지 않았는데 눈물을 보이곤 한다. 상대의 눈 안에 비치는 것은 나이기도 하고, 상대의 마음이기도 하다. 그렇게 마음의 창인 눈으로 서로를 바라볼 때면 우리는 '우리 모두가 고통을 피하고 싶어 하고, 행복하고 싶어 한다'는 진실과 마주하게 된다. 그리고 그 진실을 발견할 때, 우리는 오해를 넘어 이해를, 미움 대신 사랑을 선택할 수 있게 된다.

단 몇 분 동안의 눈 맞춤만으로도 서로의 깊은 마음이 만나, 진심으로 서로의 행복을 기원하는 사람들을 바라보면서 나는 그 사이에 흐르는 따뜻한 사랑을 느낀다. 사랑은 어렵고 추상적이고 거창한 것이라 생각하기 쉽지만, 어쩌면 사랑은 서로의 눈을 바라보거나 등을 쓰다듬는 것 같은 작고, 쉽고, 구체적인 행동 안에서 느껴지고, 전해지는 것 아닐까.

몇 년 전에는 아이들과 신나게 '밀양아리랑'을 부르다가, 마음의 결핍과 갈망을 채우는 눈빛, 눈 맞춤에 대해 다시 생각해 보게 되었다. "날 좀 보소, 날 좀 보소, 날 좀 보소. 동지섣달 꽃 본 듯이 날 좀 보소." 1년 중 가장 밤이 길고 추운 겨울날에 얼음이나 눈더미 속에 피어난 꽃을 발견한다면, 우리는 그것을 얼마나 놀랍고도 신기한 눈으로 바라볼 것인가. 바로 그런 눈으로 내 눈앞의 가족과 친구와 이웃을 바라보는 것, 그것은 내가 매일 실천해 가고 싶은 평생의 과제인 동시에 내가 만나는 사람들과 가장 나누고 싶은 선물이 아닐 수 없다.

—

귀 움직일 수 있는 사람?

—

✖

아이들에게 주의집중과 경청에 대해 가르칠 때면 나는 비장의 무기를 꺼낸다. 그것은 바로 코끼리처럼 내 귀를 움직이는 것. 분위기를 잡고서 귀를 움직이기 시작하면, 아이들이 한순간에 조용해진다. 모두의 시선이 내 귀의 움직임에 집중한다.

"우와! 신기하다."

탄성이 나올 때도 있다. 그럴 때면 나는 마치 초능력을 가진 사람인 양 의기양양하게 그 비법(?)을 속삭이는 듯한 목소리로 비밀스레 알려준다.

"선생님이 다른 사람들의 말을 꾸준히 경청했더니, 귀 근육이 발달해서 귀가 움직이기 시작했어."

그런데 가끔 복병이 있다.

"선생님, 저도 귀 움직여요!"

한 아이가 손을 번쩍 드는데, 아뿔싸, 살짝 우쭐거리는 듯
귀를 펄럭거리는 아이가 하필 평소 그 반에서 선생님과 친구
들의 말을 가장 안 듣는 아이였다. 나는 속으로 약간 움찔하
며, 이런 변수를 어떻게 설명할지 고민하는데, 다른 한 아이
가 또 번쩍 손을 들더니 말한다.

"선생님, 저는 두피가 움직여요!"

그 아이는 말을 다 마치기도 전에 자리에서 벌떡 일어나
두피가 움직이는 것을 보여준다. 눈썹이 오르내리며 머리카
락 전체가 덜렁덜렁거리는 모습에 한 차례 파도와 같은 시
원한 웃음소리가 교실 전체로 밀려온다. 다행히 그전의 일
은 웃음 파도와 함께 쓸려갔다. 나도 아이들과 함께 웃다가
아이들에게 잠시 눈을 감고 듣기에 집중해서 주변의 소리를
들어보자고 한다. 평소에 잘 듣지 못하는 작고 미세한 소리
까지 듣기 위해서, 나는 아이들과 함께 '경청을 위한 준비'를
한다. 마치 수영을 하기 위해 물에 뛰어들기 전 준비 자세를
하는 것과 비슷하다.

듣기는 모든 대화의 시작이고 끝이라고 할 수 있을 만큼
중요한 능력이다. 하지만 평소에 너무나 많은 미디어와 자극
에 노출되다 보면 집중력이 분산돼서 주의 깊게 듣는 게 힘

들어진다. 나는 아이들과 단계를 나눠서 마치 게임을 하듯이 듣기를 연습하고 훈련한다.

처음에는 미스터리 소설 초반의 분위기를 잡고서,

"너희들 혹시 우리 귀의 비밀을 아니?"

라고 질문을 던진다.

"우리의 귀는 무언가와 무척 닮았단다. 그것이 무언지 알겠는 사람?"

고개를 갸웃거리며, 귀를 쫑긋거리는 아이들에게 선심을 쓰듯 힌트를 준다.

"선생님이 허리를 삐끗해서 한의원에 갔더니, 이만한 긴 침을 선생님 귀 중앙에 놓아주시는 거야. 선생님의 허리와 귀가 연결되어 있다고 말이야."

나는 약간 과장을 보태, 긴 침의 길이를 두 손가락으로 가늠해서 보여준 뒤 아이들에게 얘기했다. 그래도 정답이 나오지 않을 것 같은 분위기이면, 결정적인 힌트를 하나 더 준다.

"너희들 엄마 뱃속에서 어떤 자세로 있었지?"

그때 교실 뒤편에 앉아 있던 한 아이가 눈빛을 반짝이며 손을 든다.

"아하, 쌤! 태아가 엄마 배 속에 누워 있는 모습요!"

"딩동댕!"

"아아, 진짜네.", "오, 맞네."

정답을 맞히고 나면 아이들은 새로운 시선으로 서로의 귀를 바라보거나 자신의 귀를 만져본다. 그때 귀를 마사지하며 귀의 감각을 깨워주면 효과가 만점이다.

"자, 우리 온몸을 마사지하듯이 귀 윗부분부터 귓불까지 귀 전체를 손가락으로 꾹꾹 눌러봅시다. 너무 아프게는 하지 말고, 따뜻하고 부드럽게 만져주기!"

"우와, 선생님, 귀를 누르는데 눈이 밝아져요!"

한 아이가 눈을 동그랗게 뜨고 말한다. 튀어나올 것만 같은 아이의 두 눈이 유리구슬처럼 반짝인다.

"이번에는 검지와 중지 양 손가락으로 V를 만들어서 귀 앞뒤 부분을 쓸어주세요. 때 안 나오게 조심!"

이번에도 아이들은 깔깔거리며 집중한다.

"마지막으로 양손에서 삶은 계란 냄새가 날 정도로 두 손바닥을 빠르게 문질러봅시다. 그리고 막 삶은 따끈한 계란을 손바닥에 하나씩 쥐어보세요."

상상력이 풍부한 아이들은 진짜 계란이 손에 있는 듯 열이 오른 손바닥 냄새를 맡아보기도 하고, 상상 속 뜨거운 계란을 놓치지 않고자 손바닥을 꼭 오므린다. 그런 아이들에게

"이번에는 계란으로 귀를 찜질하듯 양 손바닥에 따스한 온기와 사랑을 담은 채로 양쪽 귀를 오목하게 감싸줍니다."

"하아아아아."

이때 아이들은 찜질방에서 얼었던 몸을 녹이는 것마냥 편안하고 이완된 표정을 짓는다. 긴장이 풀리니 귓불까지 올라붙어 있던 어깨도 절로 내려간다. 이처럼 듣는 기관인 귀 자체에 5~10분가량만 관심을 가져주어도 아이들의 듣는 태도가 달라진다.

아이들이 소리에 집중해서 들을 준비가 된 후에는 교실 안에서 찾게 된 소리를 함께 나눈다. 귀의 감각에 집중하기 위해 두 눈은 감도록 권유한다. 소리 찾기를 1~2분만 해도 아이들은 "시계 초침 소리, 선풍기 소리, 운동장에서 들려오는 아이들 소리" 등등 자신이 발견한 다양한 소리에 대해 말한다. 때때로 어떤 아이들은 "숨소리, 심장 소리, 다리 떠는 소리, 기침 소리" 등 우리의 몸이나 움직임에서 나는 소리에 대해서도 얘기한다.

어떤 친구들은 더 나아가 "지구가 도는 소리, 지구의 심장이 뛰는 소리" 등 상상력을 발휘해서 소리를 찾는다. 어떤 아이는 소리에 집중하기 위해 조용해진 교실에서

"아무 소리도 아닌 소리요"

라고 대답해서

"그래, 그게 침묵이야. 우리 그럼 잠시 침묵의 소리도 들어보자"

라고 하면서 활동을 이어간 적도 있다.

이렇게 평소에 잘 듣지 못했던 여러 소리들을 듣고 나서는 두 명씩 짝이 되어 듣기 연습을 한다. 이때는 자신의 짝과 함께 1~3분씩 말하는 사람과 듣는 사람의 역할을 번갈아 하는데, 듣는 사람은 자신의 온몸이 큰 귀가 되었다고 상상하면서 어떤 말도 하지 않고 그저 듣기만 한다. 주제는 "최근 내가 가장 기뻤던 순간", "최근 내가 가장 힘들었던 순간", "나의 최애 급식" 등 일상에서의 순간을 나누는 것부터 시작한다. 이런 듣기와 경청에 익숙해지면, 말하고 듣는 시간을 조금씩 늘려가거나 더 다양한 주제로 확장해 간다. 어떤 날엔 아무 말을 하지 않고, 서로의 눈빛만 바라보면서 서로 안의 마음의 소리를 듣기도 한다.

때로는 《가만히 들어주었어》라는 그림책으로 진정한 듣기와 경청의 태도가 무엇인지에 대해 나눠보기도 한다. 처음에는 마주 보고 집중해서 말하고 듣는 게 어색하여 자꾸만 웃거나 딴청을 피우던 아이들도 시간이 갈수록 서로를 깊이 듣기 시작한다. 어떤 때에는 눈시울을 붉히거나 서로의 등을 토닥이기도 한다. 그런 아이들을 보며 나는 이런 시 구절을 되뇌었다.

누군가를 사랑한다는 건
그 사람 가슴 안의 시를 듣는 것

그 시를 자신의 시처럼 외우는 것

그래서 그가 그 시를 잊었을 때

그에게 그 시를 들려주는 것[24]

—류시화, '만일 시인이 사전을 만들었다면'에서

나에게 진정으로 귀 기울여주는 단 한 사람만 있어도 그
어떤 삶도 살아진다. 나는 내가 만나는 모든 아이들의 가슴
속 시를 듣고, 외우고, 들려주고 싶다. 그래서 아이들을 만나
기 전이면 안테나를 정비하듯 귀를 쫑긋거리며 준비운동을
한다. 이는 기억력이 아니라, 제대로 듣는 것에 달려 있는 일
이기에.

—

쓰다듬으며
괴롭히는 사람은 없다

—

✱

현수는 학교폭력 가해자로 신고받은 초등학교 1학년 남자아이였다. 수업 시간과 쉬는 시간에 돌아다니면서 친구들을 툭툭 치고 다닌 행동이 시비가 되어 몇몇 아이들과 싸움으로까지 번진 것이다. 현수에게 피해를 당했다는 한 아이의 부모는 "절대 현수 곁에 가지도 말고, 혹시 현수가 너나 친구들을 괴롭히거나 문제 행동을 하면 핸드폰으로 사진을 찍어"라고 아이에게 얘기했다고 한다.

　학교폭력예방교육 시간에 만난 현수는 친구들과 거리를 둔 교실 맨 뒷자리 책상에 홀로 앉아 있었다. 현수는 낯선 선생님인 나를 잠시 바라보다 이내 일어나서 교실 이곳저곳을 돌아다녔다. 마치 발이 허공에 둥둥 떠 있는 것처럼 여기저기를 유영하듯 거니는 현수를 보다가 정신분석학자 하인즈 코헛Heinz Kohut의 비유가 떠올랐다. 하인즈 코헛은, 공감은 마음의 산소이며 공감을 받지 못한 사람은 막막한 우주 공간을 혼자 떠돌아다니는 우주인처럼 살아간다고 했다.

나 역시 세상에 혼자인 것만 같은 텅 빈 외로움과 허전함과 공허감으로 부유하던 때가 있었다. 그래서인지 마음이 질식되어 있는 것 같은 현수의 마음에 인공호흡이라도 해서 산소를 불어넣어 주고 싶었다.

나는 현수와의 연결을 시도했다. 현수의 눈을 바라보고, 현수의 말에 귀를 기울이고, 움직임을 지켜보면서 현수의 마음에 닿고자 한 것이다. 그런 나의 마음을 느꼈는지, 친구들과 책상 사이를 돌아다니던 현수가 교실 앞쪽 내가 있는 근처로 슬그머니 다가왔다. 그때 나는 현수와 아이들을 바라보면서,

"자, 지금부터 모두 함께 따뜻하게 샤워를 해봅시다"
라고 제안했다.

갑자기 '교실에서 샤워라니 대체 무슨 말일까?' 싶어서인지 눈이 동그랗게 된 아이들은 이어지는 나의 설명에 귀를 쫑긋거렸다.

"물이 없어도 샤워할 수 있어요. 선생님처럼 두 손을 빠르게 비벼서 생겨난 온기가 마치 따뜻한 햇빛처럼 나에게 스

며드는 걸 상상해 보세요. 그리고 그 따스한 빛이 내 몸과 마음의 피로와 찌꺼기들을 씻어내는 걸 상상하면서 위에서 아래로 몸을 쓰다듬어 주세요. 머리카락을 앞에서 뒤로 쓰다듬고, 얼굴도 쓰다듬고, 어깨에서부터 팔, 팔에서 손, 가슴에서 배, 등에서 허리, 허벅지에서 종아리, 종아리에서 발까지 따뜻하고 부드럽게, 천천히 쓸어주세요. 작은 아기나 어린 동물의 털을 쓰다듬듯 조심스럽게, 섬세한 손길로 내 몸을 소중하게 대하며 만져주세요."

아이들은 설명에 따라 자신의 몸을 쓸어주다가

"와, 시원해요!"

"몸이 따듯해졌어요!"

등의 감탄사를 터뜨리기도 했다.

이어서 짝과 함께 서로의 등을 부드럽게 쓸어주는 활동을 이어갔다. 나는 활동을 하는 동안 내 곁에 더 가까이 다가온 현수에게 서로의 짝이 되어주자고 했다. 그러고선 내가 먼저 두 손을 따뜻하게 비벼서 현수의 등을 위에서 아래로 부드럽게 쓸어주었다. 현수는 간지럽고 어색한 듯 등을 몇 번 뒤틀다가 이내 눈을 감고 따스하고 부드러운 손길에 자신의 등을 내주었다. 1분 정도 등을 쓰다듬고선 역할을 바꾸었는데, 현수는 내가 했던 것처럼 두 손을 빨리 비빈 뒤에 정성껏 나의 등을 쓸어주었다. 조금은 서툴지만 최선을 다하는 작은 손을 느끼며 "쓰다듬으며 괴롭히는 사람은 없다"[25]라는 덴마크의 격언이 떠올랐다.

세상과 바로 맞닿아 있는 피부는 자기 몸의 경계를 짓는 부분인 동시에 외부의 감각을 그대로 느끼는 기관이기에 사회적 기관이라고도 불린다. 아이들은 피부에 와닿는 스킨십을 통해 자기 몸의 경계를 알게 되고 안전함을 느끼게 된다. 어릴 때부터 부드러운 접촉을 자주 경험한 아이들은 자기 자신과 다른 존재들을 거칠거나 아프게, 함부로 대할 수 없다. 이것은 스스로와 다른 사람의 소중한 몸을 지키고 배려하며 적절한 경계를 지키는 성교육의 기초가 되기도 한다. 이런 의미를 자연스럽게 전하기 위해 나는 반 친구들 모두와 함께 접촉 놀이를 이어갔다.

"이번에는 책상과 의자를 교실 뒤로 밀고 빈 공간에서 걸어봅시다. 자연스럽게 걸으면서 마주치는 친구들과 함께 눈으로 인사를 나누어 봐요."

아이들은 장난기가 가득한 눈을 크게 떴다, 작게 떴다 하면서 서로의 눈을 마주쳤다.

"이번에는 두 번째 손가락을 앞으로 내밀어 서로 ET 인사를 해보세요. 다음으로는 팔꿈치, 다음에는 손바닥으로 인사를 나누어 봅시다. 중요한 것은 아까 나를 쓰다듬었을 때처럼 서로에게도 부드럽고 다정하게 인사를 하는 거예요."

현수는 어리둥절한 표정으로 교실 벽 쪽 가까이에서 맴돌다 이내 다른 아이들과 어울려 인사를 나누기 시작했다. 간단한 동작들이었지만 아이들은 서로 눈을 마주치고, 몸의 부분을 접촉할 때마다 소리를 내어 웃었다.

마지막으로는 두 사람씩 짝을 지어서 '예스, 노' 게임을 했다. 짝이 된 두 사람이 일정한 거리를 두고 서로를 마주 보며 서 있다가, 한 사람이 제자리에서 '예스'나 '노'를 말하면, 다른 한 사람은 상대방의 말에 따라 '예스'이면 한 걸음 가까이 다가가고, '노'이면 그 자리에 멈추는 것이다.

나는 현수와 짝이 되어 활동을 했다. 현수는 내가 "노"라고 했을 때, 팔다리를 계속 움직이긴 했지만, 온몸에 브레이크를 걸듯 최대한 멈추려고 했다.

접촉 놀이를 마치고 나서, 나는 현수와 아이들에게

"우리 모두는 아름다운 꽃이고 빛나는 보석이야. 그러니까 나 자신과 서로를 소중하게 대하자"
라고 하면서 두 팔을 교차하여 자신을 꼭 안아주고, 옆 친구와도 눈을 마주치고 두 팔을 벌려서

"너도 나도 꽃이고 보석이야"
라고 인사를 한 뒤 수업을 마무리했다. 그리고 현수의 눈을 바라보며

"현수도, 선생님도 꽃이고 보석이야"

라고 마음을 담아 말해주었다. 현수도 나를 따라 하고 나서, 수업 종료를 알리는 종소리가 울렸다. 나는 아이들과 인사를 나누고 교실 문을 나서서 학교 1층 현관으로 향했다.

현관문을 여는데 누군가 계단으로 빠르게 내려오는 발소리가 들렸다. 현수였다. 내 앞으로 달려온 현수는 차오르는 숨을 고르며 나를 불렀다.

"선생님."

"응?"

현수는 조금 쭈뼛거리다 말했다.

"한 번만 안아봐도 되나요?"

"당연하지!"

나는 무릎을 낮추고 앉아 작고 마른 현수를 꼭 안아주었다.

사람이 온다는 건

실은 어마어마한 일이다.

그는

그의 과거와

현재와

그리고

그의 미래가 함께 오기 때문이다.

한 사람의 일생이 오기 때문이다.

부서지기 쉬운

그래서 부서지기도 했을

마음이 오는 것이다[26]

정현종 시인의 '방문객'이라는 시에서처럼 "부서지기 쉬운", "부서지기도 했을" 현수의 마음이, 현수의 과거와 현재와 미래가 나의 품 안에서 숨을 고른다.

—

선생님,
저희 아이가 ADHD라서요

—

✖

"선생님, 저희 아이가 ADHD라서요."

어느 주말, 가족 프로그램을 시작하기 전에, 한 어머님께
서 다가오시더니 말씀하셨다. 아이가 프로그램에 제대로 집
중하지 못해서 방해가 될까 봐 걱정이 되어 하신 말씀이었
다. 나는 괜찮다고 말씀드리고 아이를 관찰했다.

어머니를 따라온 초등학교 2학년 아이는 강의실 여기저
기를 돌아다니느라 바빴다. 프로그램 시작 시간이 되어 둥글
게 모여 앉아 자기소개를 하는데, 아이는 여전히 자리에 앉
지 않고 강의실 곳곳을 돌아다녔다. 때때로 소리도 지르고,
다른 사람들 옆에 가서 장난을 치면서 주의를 끌려 했다. 엄
마와 함께하는 활동은 아예 하지 않으려고 도망갔다. 나는

아이에게 다가가 아이의 두 눈을 바라보며 인사를 나눈 뒤 함께 재미있는 수업을 만들어 보자고 얘기하고서 아이를 계속 주의 깊게 바라보았다.

얼마 뒤, 엄마와 떨어져서 아이들끼리 활동하는 시간이 되었다. 아이는 다른 강의실에 가서도 여전히 산만하게 돌아다녔지만, 새로운 활동에 호기심을 보이는 게 느껴졌다.

활동의 주제는 '가족과 가장 행복했던 순간, 가장 힘들었던 순간 그리기'였다. 그리기에 앞서 몸을 태아처럼 웅크리고 누워서 천을 덮고 있다가 나오는 활동을 통해, 엄마 배 속에 있을 때부터 태어나서 지금까지 자라온 과정을 몸으로 표현해 보는 시간을 가졌다. 자신의 성장 과정을 돌아보고 여러 기억들을 떠올려 볼 수 있는 활동이었다. 혼자 강의실 구석에 서 있던 아이는 어느새 내 가까이에 와서 누워 있었다. 나는 아이의 작은 몸 위에 가만히 천을 덮어주고선, 불을 끄고 안내 멘트를 하였다.

"지금은 엄마 배 속이에요. 몸을 최대한 작게 웅크려서 작은 아기였을 때로 돌아가 보세요. 엄마 배 속은 어떤 느낌인가요? 그 안에서 나는 어떤 마음이었나요?"

천 안에서 아이는 몇 번 꿈틀거리더니 자리를 잡았다. 그러고는 이내 고요하게 숨을 쉬었다. 잠시 후 아이는 엄마 배 속에서 나오는 것을 상상하면서 천을 뚫고 나왔고, 배밀이와

166

뒤집기, 걸음마 등 아기 때부터 자라오며 거쳤던 성장 과정을 몸으로 다시금 체험하였다. 마치 씨앗이 껍질을 깨고 나와 뿌리를 내리고 줄기와 잎을 뻗는 것처럼, 지금의 내가 있기까지 거쳤던 여러 단계들을 돌아본 것이다.

그 후에는 모두가 잠시 눈을 감고 호흡을 가다듬었다. 그리고 지나온 시간들을 마치 한 편의 영화를 보듯이 되돌아보며, 여러 기억들을 떠올려 보았다. 10여 명의 아이들 모두 꽤 진지하게 집중해서 활동을 이어갔다.

기억을 돌아본 아이들은 도화지를 한 장씩 받아 가운데를 접어서 왼쪽에는 가족들과 가장 행복했던 순간, 오른쪽에는 가장 힘들었던 순간을 그렸다. ADHD 증상의 아이는 종이 왼쪽에는 엄마 아빠 사이에서 손을 잡고 웃고 있는 자신의 모습을 그렸고, 오른쪽에는 자신, 그리고 자신보다 작은 아이들 두 명을 더 그리고 나서 검은색 크레파스로 그 위에 선들을 막 그었다.

활동을 모두 마치고 난 뒤 아이들은 다시 함께 참여한 가족들과 만났다. 그리고 자신이 그린 그림에 대해 이야기를 나누는 시간을 가졌다. 아이들이 활동을 하는 동안 부모님들도 몸과 마음을 편안히 이완한 뒤 같은 주제로 그림을 그렸다. 부모님과 아이들은 서로가 그린 그림을 먼저 감상한 뒤 각자의 그림에 대해 이야기와 마음을 나누었다. ADHD 증

167

상을 보인다는 아이는 엄마의 눈을 보며 마주 앉아서는

"내가 가장 행복했을 때는 엄마, 아빠랑 같이 손잡고 마트에 가거나 놀러 다녔을 때야. 그런데 동생 둘이 태어나면서부터 엄마, 아빠는 동생들만 봐주고 챙겨줬어. 동생들은 자꾸 내 장난감도 만지고 나를 힘들게 하는데 나만 혼나서 너무 속상해. 그리고 엄마, 아빠가 나를 안 봐주니까 내가 계속 움직이는 거야. 안 그러면 엄마, 아빠가 나를 안 보니까. 나좀 봐달라고."

가슴속에 있던 몇 문장의 이야기를 꺼내는 동안 아이는 몇 번이나 말을 멈추고, 온몸을 들썩이며 눈물을 쏟아냈다. 대화 전에 내가 당부했던 그대로, 어머님은 아이의 말을 끊지 않고 가만히 모든 말들을 경청하셨다. 처음엔 당황하는 표정을 지으시더니 이내 아이와 함께 눈물을 쏟아내셨다. 그러고 나서 아이가 말을 마치자 어머님은

"엄마가 갑자기 동생들을 낳고서 몸도 많이 아프고 너무나 힘들었어. 동생들 본다고 너무 바빠서 우리 서현이를 제대로 볼 시간이 없었네. 갓 태어난 동생들에 비하니까 네가 다 큰 것만 같아서 너도 사랑이 필요한 아기인 줄 몰랐네. 엄마가 미안해. 지금부터라도 우리 서현이 더 많이 보고, 더 많이 사랑해 줄게"

하며 아이를 꼭 안아주셨다. 아이는 마치 아기 코알라처럼

엄마 품에 깊이 안겨서, 들썩이던 몸과 숨을 편안하게 골랐다. 그러고는 이내 말개진 얼굴로 나를 쳐다보았다.

다른 가족들의 대화까지 모두 마무리되었을 때 나는 모두 함께 모여 앉아 마지막 소감을 나누자고 제안했다. 프로그램을 시작했을 때 잠시도 가만히 있지 못했던 서현이는 놀랍게도 제자리에 앉아 20여 명의 사람들이 하는 모든 말을 집중해서 들었다. 그것도 웃기도 하고, 박수도 치고, 각각에 호응하면서.

이 변화에 아이 어머님을 비롯한 참가자 모두가 놀랐다. 마지막에는 모두에게 박수도 받았다. 아이는 마치 태풍이 지나간 하늘 위에 뜬 태양처럼 맑고 밝은 얼굴로 화사하게 웃었다. 불과 몇 시간 전의 위축되고 산만했던 아이는 더 이상 찾아볼 수 없었다.

아이의 마음속에는 언제, 어떻게 표현해야 할지 모른 채 계속 쌓여만 가던 외로움과 불만과 불안이 있었던 것이다. 알아봐 주지 못해서 여러 다른 증상으로 드러나는 마음을, 제대로 보아주고, 충분히 느껴주고, 공감해 주면 그 마음에서 풀려날 수 있다. 드러난 문제 행동만 보고, 그 행동만 제약한다면 그것은 뿌리를 자르지 않은 잡초처럼 반복될 수밖에 없다.

아이들의 말과 행동의 원인이 되는 마음의 뿌리를 제대

로 보고 공감해 주는 게 필요하다. 아이들은 자신의 마음을 표현하는 것에 서툴 수밖에 없다. 아이들의 문제 행동은 자신의 진짜 마음을 봐달라고 보내는 아이들의 SOS 신호이다. 그 신호를 알아차리고, 그 마음을 안아주는 것은 어른들의 몫이고 과제이다.

—

선생님이
엄마였으면 좋겠어요

—

✖

교사로서 아이들을 처음 만난 건 대학교 2학년 첫 교생 실습 때였다. 별처럼 눈이 빛나던 아이들은 수업 시간에도 자꾸만 몸과 고개를 돌려 뒷자리에 앉은 교생 선생님들을 바라보았다.

당시 내가 들어갔던 초등학교 2학년 교실에는, 수업 시간에 가만히 앉아 있지 않고 책상들 사이와 교실 뒤쪽으로 계속 돌아다니던 아이와, 다크서클이 얼굴 아래쪽까지 내려온 채 어두운 표정을 짓던 아이가 있었다. 담임 선생님께서는 그 아이들이 각각 ADHD와 우울증 치료를 받고 있다고 하셨다. 이 말씀을 듣고 난 뒤로 두 아이에게 더 시선과 마음이 갔다.

당시 미술교육을 부전공하던 나는 미술로 감정과 마음을 표현하는 것에 관심이 많아서 담임 선생님께 말씀드려 미술 수업을 진행하게 되었다.

"얘들아, 우리 마음속 세상과 풍경은 어떤 모습일까? 내 마음을 살펴보고 그대로 한번 그려보자."

대부분의 아이들은 하얀 도화지를 알록달록한 색으로 밝게 채웠지만, ADHD 치료를 받고 있던 아이는 진한 갈색 크레파스로 종이가 뚫릴 정도로 힘을 주어 선을 그었다. 그림을 그릴 때는 자리에서 일어나 돌아다니지 않고 자기 자리에 앉아 꽤 오랜 시간 활동에 집중했다.

우울증을 앓고 있는 아이는 연필을 사용해 늑대를 타고서 바위산을 넘고 있는 아이의 모습을 그렸다. 회색빛의 어두운 느낌이었지만, 또래에 비해 대단히 정교하고 섬세한 그림이었다. 분명 엄청난 재능이었다. 담임 선생님으로부터 그 아이가 1년 전에 교통사고로 부모님을 모두 잃고 친척 집에서 살고 있다는 사연을 듣고서, 나는 유독 말이 없이 그림만 그리던 아이의 모습이 이해가 되었다.

수업을 마치고 난 뒤 미술교육과 지도교수님을 찾아가 아이의 그림을 보여드렸다. 교수님께서는 "이 아이는 천재"라고 하시면서 아이를 위한 미술 도구들을 몇 가지 챙겨주셨다. 교생 실습을 마친 뒤 담임 선생님을 통해 교수님께서 주신 미술 도구들을 아이에게 전했다. 선생님께서는 아이가 그렇게나 기쁜 표정을 짓는 건 처음 보셨다고 했다. ADHD를 겪는 아이도 선 긋기 등 좀 더 집중할 수 있는 활동부터 해나가면서 많이 안정되어 가고 있다고 하셨다. 그 말씀을 듣고 나니 안도와 함께 기쁜 마음이 들었다. 그 아이들이 아픔과 고통 너머의 재능을 찾아서 활짝 꽃피울 수 있으면 좋겠다는 소망이 생겼다.

대학교 3학년이 되어 교생 실습에서 만났던 아이들은 내게 "웃음꽃 선생님"이라는 별명을 지어주었다. 한 아이는 자신이 오랫동안 웃음을 잃고 있었는데, 선생님 덕에 웃음을 되찾았다는 편지를 써서 주었다. 나는 그 편지와 별칭을 오랫동안 소중히 간직했다. 삶의 목표가 바뀌었던 순간들이었다. 아이들의 웃음과 재능을 꽃피우는 삶을 살겠다는 결심이 생겼다.

졸업을 하고 발령을 기다리며 시간 강사를 할 때는 더 다양한 학생들을 만날 수 있었다. 한 달 동안 수업을 하게 된 어느 3학년 학급에는 보조 선생님과 함께 수업을 듣고 있는 아이가 있었다. 언어 발달이 지연되어 일반 수업을 따라가기가 힘들고, 말이 어눌하다고 했다. 그 아이는 돋보기처럼 두꺼운 안경을 쓰고 있어서 두 눈이 튀어올 듯이 커다랗게 보였다. 의자에 바르게 앉아 있는 걸 힘들어 해서 몸이 늘 기우뚱하게 기울어져 있었고, 수업 시간에 엉뚱한 말을 곧잘 했다. 몇 년 전 부모의 이혼으로 아빠와 살고 있다는 아이의 상황을 듣고서 그 아이에게 더 마음이 갔다. 그래서 매일 눈을 마주치며 인사도 나누고, 아이가 그린 그림이나 활동에도 관심을 갖고 칭찬을 해 주었다.

그렇게 한 달 정도 수업을 하고, 같은 학교의 다른 학급으로 시간 강사를 갔을 때였다. 쉬는 시간에 복도에서 나를 발견한 아이는 멀리서부터 나를 향해 뛰어오더니,

"엄마, 엄마, 엄마, 엄마…!"

라고 여러 번 외치며 내게 안겼다. 이를 본 같은 반 친구들도 함께 우르르 몰려와 내게 안기더니 입을 모아,

"엄마, 엄마, 엄마, 엄마…!"

라며 온 복도가 가득 울릴 정도로 외쳤다. 당시 20대 중반이었던 내게 "엄마"라는 말이 익숙하진 않았지만, 나는 아이들의 커다란 외침 속에서 아이들에게 엄마가 얼마나 절실히 필요한 존재인지 느낄 수 있었다.

그 후로 만났던 어떤 아이들은

"선생님은 따뜻하고, 부드러워요. 선생님이 엄마였으면 좋겠어요"

라는 말을 하기도 했다. 작고 여린 새싹 같은 아이들에게는 망망대해와 같이 막막하고 혼란스러운 세상에서 언제라도

자신을 품어주고, 지지해 주는 크고 따뜻하고 보드라운 품이 필요하다는 것을 알 수 있었다. 그리고 아이들을 만날수록 세상에 단 한 명이라도 자신을 절대적으로 믿어주고, 지지해 주고, 응원해 주고, 사랑하는 엄마 같은 존재가 있다면 그 누구도 삶을 포기하지 않을 거라는 생각이 들었다.

하지만 교실 안에는 그런 품을 경험해 보지 못하고 마치 뿌리가 드러난 듯한 모습으로 사랑을 찾아 헤매는 아이들이 있었다. 그리고 안타깝게도 그런 아이들이 해마다 늘어 가고 있었다. 이런 모습을 지켜보면서 당시 나는 일기장에 "교실에는 여러 다양한 씨앗 같은 아이들이 있다. 어떤 씨앗이 심어져도 다 품고 싹틔울 수 있는 비옥한 대지 같은 사람이 되고 싶다"라고 적었다. 그리고 자주 그 글을 들여다보며 기도하곤 했다. 온몸으로 생명을 품고 키우는 엄마의 마음으로 아이들을 만나겠다는 크고도 간절한 목표가 생긴 것이다.

이후 십여 년이 지나 결혼을 하고 두 아이를 낳았다. 엄마가 되고 나서 아이들이 아플 때면 함께 아프고, 아이들이 기쁘면 함께 기뻐하는 마음을 매일 생생하게 체험해 오고 있다. 내가 낳은 아이들에 대한 사랑이 커지는 만큼 다른 아이들도 더 소중하게 느껴졌다. 그럴수록 내가 만나는 모든 아이들을 더 깊이 안아 품고 싶은 마음이 들어 밤낮으로 기도한다.

"세상의 모든 아이들이 고통으로부터 자유롭기를, 진정으로 행복하기를…."

"한때는 아이였던 세상의 모든 존재들이 고통으로부터 자유롭기를, 진정으로 행복하기를…."

돌림노래처럼 매일 반복되는 기도가 바다로 흘러가는 강줄기처럼 깊어지는 날들이다.

—

사랑은 아무나 하나

—

✖

한 시간째 빨래를 쥐어짜던 손이 벗겨지기 시작했다. 그러다 결국 통통 불어 있던 엄지손가락에서 피가 흘러나왔다. 아린 통증에 반사적으로 손가락을 입에 집어넣었다. 진동하는 락스 냄새에 황급히 침을 퉤퉤 뱉어냈다. 어깨와 목이 뻣뻣하게 굳어왔다. 빨래를 모두 마치고 들어간 실내는 그야말로 충격 그 자체였다. 거동도 제대로 못하는 분들이 의자에 앉아 고통에 잠긴 신음과 같은 알 수 없는 소리를 내고 있었고, 화상 때문인지 눈·코·입의 형태조차 알 수 없이 얼굴이 모두 녹아내린 환자와 머릿속이 훤히 들여다보이는 환자도 있었다.

인도 콜카타의 '마더 테레사 하우스'. 사랑을 실천하고 나누며 봉사활동을 하겠다는 거창한 목적을 가지고 이곳에 도착한 나는, 들어서자마자 도망치고 싶은 마음부터 들었다.

'혹시 이상한 바이러스에 감염되거나 병에 걸리지는 않을까?' 하는 걱정부터, 온갖 두려운 생각들이 머릿속에 떠돌았다. 그렇게 건물 입구 근처에서 굳어버린 채 마치 동상처럼 서 있는데, 다리가 불편해 보이는 한 여자분이 두 팔로 몸을 끌며 가까이 다가왔다. 그녀는 내게 뭔가를 간절히 요구하는 것 같았지만, 영어인지 힌디어인지 그 말을 전혀 알아들을 수 없었다. 조금 더 잘 들어보려고 가까이 다가갔는데, 그녀는 결국 앉은 자세로 오줌을 줄줄 싸기 시작했다.

'오 마이 갓!' 신발에 오줌이 튀었다. '내가 지금 여기서 뭐하고 있는 거지?' 하는 자괴감이 들었다. 나는 건강하고 젊으니까, 환자들을 위해 무엇이든 해 줄 수 있고 베풀 수 있다는 오만과 착각이 와르르 무너졌다. 내가 충격으로 몸과 마음이 뻣뻣하게 굳어버린 채 멈춰 서 있자, 거기 계시던 수녀님 몇 분이 다가와 익숙한 듯 오줌을 닦고, 환자분을 화장실로 데려가 씻긴 뒤 옷을 갈아입혔다.

나는 부끄럽고도 무기력해져서 어디론가 숨고 싶은 마음에 계단을 따라 건물 2층으로 올라갔다. 거기는 비교적 몸은 자유롭게 움직일 수 있는 분들이 계신 곳이었다. 올라가자마자 어떤 여자분이 내게 걸어오더니 대뜸 자신이 끼고 있던 팔찌를 빼서 나의 오른팔에 끼워 주었다. 나는 분명 봉사를 통해 무언가를 나눠주려고 왔는데, 오히려 뭔가를 받으니 기분이 묘했다. 그렇게 잠시 멍한 상태로 어정쩡하게 서 있는데, 이번에는 키가 크고 덩치도 큰 할머니 한 분이 내게로 다가오셨다. 할머니는 아무 말 없이 다짜고짜 나를 침대로 데리고 가더니, 침대를 두드리고 가리키며 내게 누우라고 손짓을 하셨다. 어리둥절한 나는 엉겁결에 그 말씀대로 침대에 누웠다. 할머니는 나를 편안하게 감싸면서 부드러운 손길로 내 등을 토닥이시며 노래를 불러주셨다.

예상치 못한 충격으로 날이 서 있던 나의 등을 포근하게 쓸어주는 손길과 자장가 같은 노래에 참았던 눈물이 왈칵 솟아올랐다. 봉사자로 온 내가 환자분들에게 도움과 위로를 받고 있는 상황이라니!

나는 여전히 어리둥절한 기분으로 잠시 침대에 누운 채 환자들 사이를 분주히 오가는 수녀들과 봉사자들과 환자들을 바라보았다. 마주한 얼굴과 건네는 손길과 말들 사이에서 흐르는 무언가가 나에게도 전해지고 있었다. 그것은 아프고 가난한 자들을 섬기고자 했던 마더 테레사 수녀님의 사랑이었다.

당황스러움에 흘린 눈물과 긴장, 흘린 땀으로 범벅이 되었던 첫날, 나는 숙소에 오자마자 마더 테레사 수녀님이 쓰신 책들을 보았다. 한국인 봉사자들도 많이 다녀간 곳이라 한국어로 된 책들도 몇 권 있었다.

"가난한 사람을 보면 그들을 도와줄 손과 사랑하는 마음, 그리고 들을 수 있는 귀를 가지면 돼요. 서로 손잡고 피부를 맞대어 접촉함으로써 그들의 목소리를 들을 수 있어요. 그걸 들을 수 있는 귀를 갖도록 하세요."[27]

작은 체구에 유난히 반짝이는 눈빛을 지닌 마더 테레사 수녀님의 사진을 오래도록 바라보고 있으니, 책 속의 글들이 내게 직접 전하는 말씀처럼 들려왔다.

"저는 결코 큰일을 하지 않습니다. 다만 작은 일을 큰 사랑으로 할 뿐입니다"라는 말씀 앞에서는 다시 한 번 내 안의 착각이 부서지는 것을 느낄 수 있었다.

그날 밤 작은 게스트하우스 침대에 누워 천장에 달린 팬과 하늘빛으로 칠해진 천장을 바라보는데, 지난날의 여러 기억이 구름처럼 떠올랐다. 누군가를 도와주고자 했으나 오히려 그 사람에게 상처를 주었던 일들과 풀리지 않는 오해로 멀어졌던 사람들이 자꾸만 떠올라 밤새 잠을 뒤척였다.

그렇게 거의 뜬눈으로 밤을 지새우고 난 다음 날, 아침 일찍 마더 테레사 하우스 안의 작고 소박한 선교회의 건물에서 열리는 미사에 참석했다. 말씀을 봉독하고 성가를 부르며 온 마음을 다해 회개하고 기도하는 고요한 의식 속에서 내 마음을 씻어 주는 맑은 물이 부어지는 것 같았다. 자신을 온전히 비우고 자신보다 큰 완전한 존재에 모든 것을 맡길 때 비로소 채워지는 큰 사랑의 힘이 느껴졌다. 마치 바다에 뛰어드는 물방울처럼, 자신을 온전히 내려놓을 때 완전한 사랑과 하나가 된다는 말씀이 가슴 깊이 받아들여졌다.

가난하고 아픈 이웃들을 돌보고 사랑하라 하신 예수님의 가르침을 실천하며 헌신적으로 살아가면서도, 세상의 인정이나 관심을 구하지 않고 조용히 살아가는 수도자들, 그리고 겸손하게 그 길을 가고 있는 많은 봉사자들에게서 경건한 기쁨의 빛이 새어 나오고 있었다.

나는 그 사랑과 빛을 가슴에 안고서, 수녀님들이 나눠주는 차와 바나나를 아침으로 먹고, 다시 어제와 같은 곳으로 향했다. 마더 테레사 수녀님의 말씀처럼 조금씩 더 용기를 내서 사람들의 손도 잡고, 언어를 넘어 눈빛을 바라보고 몸짓을 읽어가며 상대가 무엇을 원하는지 듣기 시작했다. 나의 이름과 국적을 물어보는 분들에게 밝게 대답도 하고 대화를 나누기도 했다.

그렇게 며칠이 지난 뒤 온 얼굴이 일그러져서 눈·코·입이 거의 사라진 한 여자분이 두 손으로 내 얼굴과 몸을 더듬어 내 이름을 불러주었을 때, 나는 놀랍고도 반가워 자리에서 벌떡 일어났다. 그렇게 서로가 서로의 이름을 기억하고 부르며 서로의 안부를 묻고, 서로에게 필요한 것을 채워주면서 마음을 나눌 수 있다는 것은 참으로 행복한 일이었다.

마더 테레사 하우스에서의 마지막 날, 나는 내가 머물던 '프렘 단Prem Dan'이라는 시설의 힌디어 뜻이 '사랑의 선물'이라는 것을 알게 되었다. 마더 테레사 하우스에서는 봉사활동을 시작하기 전 아침 모임 시간에, 매일 그곳을 떠나는 봉사자들을 위해 다 함께 노래를 불러준다. 그곳을 떠나던 마지막 날

"감사합니다, 감사합니다, 나의 가슴으로부터 감사합니다."

"사랑합니다, 사랑합니다, 나의 가슴으로부터 사랑합니다."

"그리울 거예요, 그리울 거예요, 나의 가슴으로부터 그리울 거예요"

라는 노래를 들으면서 나는 내 안에 이미 사랑의 선물이 가득 차 있음을 느꼈다.

그리고 이 노래는 십수 년이 지난 지금까지도 너무나 생생하게 내 가슴 안에서 울려 퍼지고 있다. 이 노래를 떠올릴 때면 그 선율과 박자의 리듬을 타고서 다시 그곳으로 날아갈 수 있을 것만 같은 기분이 든다. 그리고 지금의 나에게 그때 느꼈던 감사와 사랑으로 살고 있는지 묻게 된다.

자녀들아, 우리가 말과 혀로만 사랑하지 말고 행함과 진실

함으로 하자.

—요한 1서 3장 18절

　오랜만에 마더 테레사 하우스에서의 기억이 더 생생하게 떠오른 이유는, 며칠 전 이 말씀을 읽었기 때문이다. 말씀에 비추어 나는 말과 혀와 글로만 사랑을 하고 있는 건 아닌지, 그것을 진실로 실천하고 있는지 다시금 돌아보았다. "사랑은 아무나 하나. 어느 누가 쉽다고 했나"라는 노래의 가사처럼, 진정한 사랑은 결코 쉽지 않지만, 우리가 삶 속에서 사랑을 더욱 진지하게 탐구해 나갈 때 이 삶의 의미가 살아난다.

　바위가 부서져 흙이 되듯이, 낙엽이 부스러져 양분이 되듯이, 내 안에 자리 잡은 수많은 가짜 사랑들이 부서진 자리마다 진짜 사랑이 피어날 수 있기를, 내가 하는 말과 내가 쓰는 글과 내가 하는 행동이 사랑과 다름없기를 소망하며, 이 바람을 잊지 않고 기억하고 새기기 위해 반성문이자 다짐문과도 같은 이 글을 쓴다.

"승준이는 어떻게 그렇게 매일 행복해?"
승준이는 느리지만 정확하게
"제가 갑자기 세상이 깜깜해져서 다시는 누나랑 엄마, 아빠랑
친구들을 못 볼 줄 알았는데, 다시 깨어났어요.
모두 다시 봐서 행복하고, 언제 또 깜깜해질지 모르니까
지금 많이 봐요"라고 말하고선 이내
순수하고 해맑은 표정으로 웃었다.
승준이는 얼마 전에도 의식을 잃어 응급실에 실려 가
정밀 검사를 받고 왔었다. 그렇게 죽음의 문턱을 넘나드는
아이가 짓는 눈부신 미소에, 나는 마치 쨍한 햇살 아래
투명하게 빛나는 삶의 얼굴을 본 것 같은 기분이 들었다.

6
두 번은 없다

—

마지막 남은 감자칩

—

✖

6학년 승준이는 4학년 때 뇌종양 제거 수술을 했다. 수술 후 승준이는 사고력이 현저히 떨어져서 수업 내용을 잘 이해하지 못했다. 그럼에도 승준이는 수업을 할 때마다 가장 큰 목소리로, 열심히 모든 활동에 참여했다. 또래보다 키도 덩치도 컸던 승준이는 늘 수업을 마칠 때마다 선생님인 나와 함께 수업한 친구들에게

"선생님, 감사해요. 애들아, 사랑해"

라고 말하며 싱글벙글 웃었다. 사춘기에 접어들어 마음이나 감정을 잘 표현하지 않는 6학년 아이들도 마냥 밝은 승준이의 모습에

"어, 나도"

라며 쑥스러운 듯 화답하곤 했다.

그런 승준이를 볼 때마다, 우리가 진정으로 기억해야 할 소중한 것들이 무엇인지에 대해 다시금 떠올리곤 했다. 그것은 주어진 모든 순간에 최선을 다하는 자세, 그리고 주변 사람들에게 감사와 사랑을 아낌없이 표현하는 태도였다. 모두가 알고 있지만 자주 잊고 사는 것, 알고는 있어도 실천하기는 어려운 것이었다.

승준이는 영어 시간 도입 부분에 나오는 자신의 감정을 묻는 질문에 항상

"I am happy"

라고 대답했다. 의례적으로 외워서 하는 대답이 아니었다. 승준이는 항상 행복한 표정이었다. 그런 모습이 신기해서 어느 날 승준이에게 물었다.

"승준이는 어떻게 그렇게 매일 행복해?"

승준이는 느리지만, 정확하게

"제가 갑자기 세상이 깜깜해져서 다시는 누나랑 엄마, 아빠랑 친구들을 못 볼 줄 알았는데, 다시 깨어났어요. 모두 다시 봐서 행복하고, 언제 또 깜깜해질지 모르니까 지금 많이 봐요"

라고 말하고선 이내 순수하고 해맑은 표정으로 웃었다. 승준이는 얼마 전에도 발작으로 잠시 의식을 잃어 응급실에 실려

가 정밀 검사를 받고 왔었다. 그렇게 죽음의 문턱을 넘나드는 아이가 짓는 눈부신 미소에, 나는 마치 쨍한 햇살 아래 투명하게 빛나는 삶의 얼굴을 본 것 같은 기분이 들었다. 그리고 몇 년 전 인도 북부 히말라야 자락에 있는 투시타명상센터Tushita Meditation center에서 들었던 '평화로운 죽음peaceful dying' 워크숍의 순간들이 떠올랐다.

미국 캘리포니아에서 평생 호스피스 활동을 해오던 그레그라는 강사는 워크숍을 시작하면서 메리 올리버의 '생이 끝났을 때When death comes'라는 시를 천천히 낭송하였다.

죽음이 찾아올 때
가을의 배고픈 곰처럼
죽음이 찾아와 지갑에서 반짝이는 동전들을 꺼내
나를 사고, 그 지갑을 닫을 때

나는 호기심과 경이로움에 차서
그 문으로 들어가리라.
그곳은 어떤 곳일까, 그 어둠의 오두막은.

…

생이 끝났을 때 나는 말하고 싶다.

내 생애 동안 나는 경이로움과 결혼한 신부였다고.

세상을 두 팔에 안은 신랑이었다고.

단지 이 세상을 방문한 것으로

생을 마치지는 않으리라.[28]

시를 모두 읽고 나서 그레그는 질문을 던졌다.

"우리가 죽음에 대해 생각하지 않게 되는 이유가 무엇일까요?"

"사는 데 바빠서, 아직 너무 젊어서, 생에 대한 집착 때문에, 나에겐 일어나지 않을 일처럼 생각돼서, 생각만 해도 고통스러우니까…"

등 여러 답변이 이어졌다. 그러자 그레그는 담담한 목소리로

"우리는 평균 수명까지 건강하게 살 거라는 전제하에 살고 있지요"

라고 말했다. 잠시 침묵이 흘렀고, 참가자들의 얼굴은 더욱 진지해졌다. 그레그는 침묵을 깨고 말했다.

"소파에 누워 TV를 보면서 감자칩 먹을 때를 떠올려 보세요. 여러 채널을 돌리면서 맛도 별로 느끼지 않고 아무 생각 없이 감자칩을 먹다가, 봉지 속에 감자칩이 하나만 남았다는 것을 알게 되었을 때 우리는 어떻게 하나요? 우리는 그제야 감자칩의 모양도 보고 맛도 음미하면서 천천히, 조금씩

먹지요."

이 말을 듣는 순간, 남아 있는 나의 삶이 마치 마지막 남은 한 조각의 감자칩이 되어 내 손에 들려 있는 듯한 느낌이 들었다. 그렇게 죽음이 바로 내 앞에 있다고 상상하자, 나도 모르게 눈물이 흘렀다. 사랑하는 사람들에게 미처 전하지 못했던 말들과 마음들이 후회와 회한으로 밀려왔다. 동시에 우리가 이번 생의 마지막인 죽음을 제대로 받아들이고 인식하게 될 때 삶 또한 진정 가치 있게 살 수 있을 거란 자각이 들었다.

그런데 다시 일상으로 돌아오고 나서는 줄곧 그 다짐을 망각하곤 한다. 바쁘게 하루를 살다 보면, 언젠가 죽는다는 진실을 까마득히 잊어버리고, 여유 시간이 있을 때조차도 내 일이면 기억도 나지 않을 기사나 영상을 보면서 시간을 허비하곤 한다. 그리고 대부분의 시간 동안 '그때 그렇게 하지 않았더라면 좋았을 것을…' 하면서 지나간 시간을 후회하거나, '점심으로 무얼 먹을지, 주말에는 어디로 갈지, 노후 준비는 어떻게 해야 할지' 등의 크고 작은 미래에 대한 계획에 빠져들곤 한다. 돌이킬 수 없는 과거에 대한 후회와 일어나지도 않을 내일 일에 대한 걱정을 싣고서 시간은 흐…른…다….

그런 나를 위해, 승준이가 내 삶에 다가와 다시 내 손 위에 감자칩 하나를 쥐여준다. 메리 올리버의 또 다른 시구절처럼, 여름날 한낮의 태양처럼 피할 수 없는 질문을 던지며.

결국엔 모든 것이 죽지 않는가, 그것도 너무 빨리.
내게 말해보라, 당신의 계획이 무엇인지.
당신의 하나밖에 없는 이 야생의 소중한 삶을 걸고
당신은 어떻게 살 것인지.[29]
—메리 올리버, '여름날'에서

문신을 새긴
할아버지의 죽음

✖

초등학교 2학년 겨울 즈음, 갑자기 엄마가 사라졌다. 나와 동생은 영문도 모른 채 할머니와 외할머니댁에 각각 며칠씩 맡겨졌다.

"이 어린 것들을 어찌할꼬!"

어느 날 밤, 외할머니는 나와 동생을 안고 울음을 터뜨리셨다. 그 말에 직감적으로 엄마가 금방이라도 우리 곁을 떠나실 수도 있음을 느꼈다. 나는 손톱을 물어뜯거나 밥그릇에 담긴 밥알을 하나씩 세면서 엄마를 기다렸다. 다행히 엄마는 몇 주 뒤 집으로 돌아오셨다. 그 후 목욕을 하다가 엄마 한쪽 가슴에 새겨진 깊고 긴 상처를 보고서 엄마가 유방암 수술을 하셨다는 사실을 알게 되었다. 그때부터 나는 소중한 사람이 언제든 내 곁을 갑자기 떠날 수 있다는 걸 알게 되었다.

사춘기에 접어든 중학생 시절, 1999년이 되면 지구가 멸망한다는 노스트라다무스의 예언이 유행처럼 퍼졌다. 그즈음 나는 잠자리에 누우면 '정말로 세상이 멸망하면 어쩌나?', '내가 죽으면 어떻게 될까?', '죽는다면 깊은 잠이 들었을 때처럼 모든 게 깜깜하기만 할까?' 등의 질문을 품고선 잠들곤 했다.

대학교 3학년 때 큰엄마가 돌아가셨다. 명절 때면 바느질로 작은 놀잇감 들을 만들어 주시기도 하고, 나와 동생을 조용히 불러서 용돈도 챙겨주시던 다정한 큰엄마셨다. 그런 큰엄마가 소뇌위축증이라는 희귀병으로 날마다 작아지시고, 구부러지시는데, 생명의 불씨가 꺼져가는 것을 빤히 지켜보면서도 내가 할 수 있는 게 아무것도 없다는 사실에 깊은 무력감을 느꼈다. 아무리 붙잡고 싶어도 잡을 수 없는 게 있다는 사실을 받아들이기가 어렵고 힘들었다.

이런 경험과 마음에 품고 있던 죽음에 대한 물음을 안고서, 스물여섯의 여름, 호스피스 교육장으로 향하게 되었다. 능행 스님께서 만드신 '마하보디 호스피스 교육센터'는 울산에 있었다. 그곳에서 일주일 동안 이론 교육을 받은 뒤 충북 음성에 있는 '꽃동네'에서 7박 8일간 실습을 했다. 같은 교육을 수료한 교육생들과 함께 배정받은 곳은 꽃동네 안에 있는 인곡자애병원 5층이었다.

병실에 들어서자마자 할머니 한 분이 다짜고짜 팔과 손이 차갑고 아프다며 주물러 달라고 하셨다. 얼떨결에 잡은 할머니의 손은 바늘로 콕콕 찌르는 듯한 겨울바람처럼 차가웠다. 한여름 날씨 속에서도 할머니는 홀로 겨울을 살고 계신 듯했다. 놀란 마음에 시린 손을 두 손으로 감싸 잡고 따뜻한 입김을 연신 불었다. 나의 체온이 조금이라도 전해졌으면 하는 마음으로.

셋째 날이 된 아침, 할머니는 힘도 의식도 희미해지셨다. 눈을 감으신 채로 오랜 시간 내 손을 잡고 계셨다. 그날 오후, 다른 호실에서 청소를 마치고 나오는데 할머니께서 계신 병실 쪽에서 사람들이 분주하게 움직이는 게 보였다. 나는 얼른 할머니를 향해 달려갔다. 하지만 할머니의 몸은 이미 하얀 천으로 덮여 있었다. 갑작스러운 죽음에 눈물이 쏟아져 나왔다.

그 후론 내가 만나고 있는 분이 언제 떠나실지 모른다는 생각에, 모든 환자분들을 더 유심히 관찰하면서 짧은 시간이나마 최선을 다하고 싶었다. 죽음을 가까이 앞둔 호스피스 병동의 환자분들은 대부분 심각하고 고통스럽고 우울한 표정을 짓고 계셨다. 병상에도 무거운 분위기가 흘렀다. 나는 그런 환자분들께 다가가 안마를 해 드리고, 노래를 불러드리고, 얼굴과 몸을 닦아드리곤 했다. 한 할머니께는 좋아하신다는 찬송가를 배워서 불러드리기도 하고, 어두운 분위기를 밝히고자 몸짓을 섞어가며 '닐리리야', '날 좀 보소' 같은 민요를 부르기도 했다.

호스피스 병상에서 노래를 부르고 춤을 추는 특이한 봉사자가 있다는 소문이 삽시간에 퍼지면서 벽을 잡고 문지방 사이에 서서 내가 오기를 기다리시는 할머니, 할아버지 팬(?)이 생겨나기도 했다. 나는 삶과 죽음의 무게에 짓눌려 아래로 흘러내려 버릴 것만 같은 표정들에 다시 생기가 돌고, 입꼬리가 올라가고, 콧구멍이 커지며 하하 웃는 순간들이 좋았다.

그렇게 환자분들과 가까워지던 때에 호흡기를 찬 채 늘 누워만 계시는 한 할아버지가 눈에 들어왔다. 다른 분들보다 키와 덩치가 크시기도 했고, 링거를 맞기 위해 옷소매를 걷어 올렸을 때 팔뚝에 커다랗게 "一心일심"이라고 문신이 새겨져 있어서 어떤 분일지 궁금한 마음이 들었다. 그곳에 떠도는 소문에 의하면 과거에 유명한 조직의 조폭이었다는 얘기도 있었다. 조금 무서운 생각이 나기도 했지만, 힘없이 눈을 감고 계신 모습에 안쓰러운 마음이 들었다. 나는 사람들이 거의 곁에 가지 않는 이 할아버지께 다가가 인사도 드리고, 죽도 먹여드리고, 팔과 얼굴도 닦아드리면서 간호사 선생님을 보조해 돌보아 드렸다.

실습이 끝나기 이틀 전 할아버지께서 돌아가셨지만, 마지막까지 병상에는 아무도 찾아오지 않았다. 나는 할아버지께서 돌아가시기 직전까지 곁을 지킨 유일한 유족이 된 것 같은 기분이 들었다. 눈물이 났다. 처음에는 새벽 비처럼 소리없이 흐르던 눈물이 점차 강줄기가 되고, 폭포가 되어 쏟아져 내렸다.

홀로 가시는 그 길이 얼마나 황망하고 외로우실까 싶었다. 나라도 그 슬픔과 외로움을 울음으로나마 달래드리고 싶었다. 그렇게 울고 또 울고 나니 기운이 다 빠졌다. 사람들이 잘 다니지 않는 복도 한구석 계단에 가서 잠시 벽에 머리를 기대고 앉아 있는데, 어느 순간 깜빡 잠이 들었는지 팔에 "一心"을 새긴 할아버지께서 환영처럼 나타나셨다. 할아버지는 중절모를 쓰고, 코트를 입고, 반짝이는 구두를 신은 멋진 모습으로 내 앞에 서서 나를 바라보시다가 내게 몸을 숙여 인사를 한 번 하시더니 뒤돌아 걸어가셨다.

눈을 뜨니 할아버지는 보이지 않았지만, 나는 왠지 할아버지께서 내게 다녀가신 게 아닐까, 그리고 사람이 죽는 순간에는 한 시절의 가장 빛나던 행복한 순간의 모습으로 돌아간다는 말이 사실이 아닐까 하는 생각이 들었다. 그런 생각이 올라오니 아팠던 마음이 한결 가벼워졌다. 자리에서 일어

나려는데 복도를 치우러 나오신 미화원 아저씨께서

"혹시 이정현 씨 맞나요?"

라고 물으셨다. 어떻게 내 이름을 아시는 건지 의아해 하며

"네, 맞아요"

하고 대답했더니, 아저씨는

"환자분들이 3시에 매점에서 기다린다고 전해달래요"

라며 말씀을 전해주셨다. 화장실에 들러 찬물로 부은 눈을 조금 가라앉히고 매점으로 갔다. 환자 대여섯 분이 거기 모여 계셨다. 문을 열고 들어선 내게

"밥도 못 먹었지?"

하시며 두유, 포도, 포카리스웨트 등을 내미셨다. 점심시간에 누군가 복도를 지나다가 내가 울고 있는 걸 보고 소문을 낸 것 같았다. 나는 어떻게 고마움을 표현해야 할지도 모른 채 말없이 주시는 대로 다 받아 들고 먹기 시작했다. 허기졌던 몸에도, 슬픈 마음에도 다시 기운이 들어찼다. 환자분들은 그런 내 모습을 행복한 표정으로 지켜보시다가, 페트병을 잘라서 만든 포인세티아 화분을 내미셨다.

"우와, 예뻐요! 웬 거예요?"

포도를 씹던 내가 그 포도를 마저 삼키지도 못한 채 부은 눈을 크게 뜨고 물어보자 그중 한 분이

"내가 화분을 만들고, 아침에 일찍 장에 가서 꽃도 사다

심었지"

라고 하셨다. 사랑의 빛깔을 닮은 따뜻하고 진한 빨간색 꽃잎을 보니, 내 가슴도 붉게 물드는 것 같았다. 고마워서 어쩔 줄 몰라 하는 나를 보고 거기 모인 분들이 말씀하셨다.

"그동안 정현 씨가 우리를 행복하게 해 주었으니, 오늘은 우리가 정현 씨를 행복하게 해 줄 차례야."

그 말씀에 나는 다시 한 번 눈물을 흘렸다. 시들었던 꽃이 물을 머금고 다시 피어나듯 가슴 깊은 곳으로부터 나를 되살리는 무언가가 샘솟는 기분이 들었다. 그것은 슬픔을 기쁨으로, 죽음을 삶으로, 고통을 사랑으로 되돌리는 부활의 묘약이었다.

이렇게 호스피스 실습 기간, 그리고 이후의 봉사활동에서 나는 여러 사람의 죽음을 지켜보게 되었다. 어떤 이는 그저 뼈만 앙상하게 남은 채 차갑게 식어가기도 했고, 어떤 이는 매우 평화롭고 고요하게 떠나가기도 했다. 죽음 앞에서는, 누구라 할 것 없이 삶 속에서 얼마나 많이 웃었는지, 얼마나 고통스러웠는지가 숨길 수 없이 선명하게 드러났다. 그 누구도 자신이 살아왔던 삶의 궤적을 숨길 수 없었다.

"삶다운 삶을 살아야, 죽음다운 죽음을 맞을 수 있다"라는 람 다스Ram Dass의 말처럼, 삶의 마지막을 떠올리면, 지금 내가 어떤 표정을 짓고 있는지 어떤 마음으로 살고 있는지를 되짚어 보게 된다.

그럴 때면 어김없이 윤동주 시인의 시구절이 북극성처럼 마음 가운데 떠올라, 남은 생을 어떻게 살아가야 할지 일러준다.

"죽어가는 모든 것들을 사랑해야지."[30]

—

희한한 선생님

—

✖

선생님, 현민이 하나님 곁으로 보냈어요.
그동안 감사했습니다. 아픈 아이들 지금처럼
예뻐하는 좋은 선생님으로 계속 함께해 주세요.

문자를 받고 비구름과 같은 슬픔이 몰려왔다. 현민이는
난치병 때문에 학교에 가지 못하는 아이들을 위한 화상 수업
을 하면서 만난 아이들 가운데 관심이 가장 많이 가던 아이
였다.

현민이가 화상 수업에 들어온 첫날 첫마디는 "에휴, 밖에
나가고 싶다. 여기 갇혀 있기 싫다"였다. 아이의 작은 몸에서
쉬어진 큰 한숨, 그 속에는 어린아이의 것이라 하기엔 너무

나도 짙은 권태와 무기력이 배어 있었다. 그런 심심하고 무료한 마음을 달래고 싶었는지, 현민이는 수업 시간마다 컴퓨터의 배경 화면을 자꾸 바꾸었다. 스크린 가득 낙서를 하기도 했다. 어떤 때는 장난감을 들고 와 다른 아이들의 시선을 빼앗기도 해서 한동안은 제법 진땀을 빼게 만들었다.

현민이의 방해 공작에 수업이 제대로 진행되지 않아서, 처음에는 그런 행동을 못 하게 하기도 하고 타일러 보기도 하다가, 점차 현민이의 마음속 더 깊은 곳을 들여다보게 되었다. 현민이의 행동 아래에 있는 마음을 느끼다 보니, 한창 호기심도 많고 에너지도 넘쳐서 활발하게 움직이고 싶을 초등학교 4학년 아이가 마주하고 있을 답답함과 관심받고 싶은 마음에 가닿게 되었다.

그 뒤로는 현민이가 어떤 행동을 하든 현민이의 마음을 바라보면서 아이의 장점을 찾아 칭찬하기 시작했다.

"우와! 현민이는 선생님보다 컴퓨터를 잘 다루는구나!"

"이야, 현민이는 문제를 엄청 빨리 잘 푸는구나!"

칭찬을 들은 아이는 처음에는 주춤하거나 당황하는 모습을 보이다가 점차 나의 수업 진행을 도와주거나, 내가 잘 모르는 시스템까지 친절히 가르쳐주기도 했다.

현민이의 변화에, 마치 적군을 아군으로 포섭한 것 같은 든든한 마음이 들었다. 하지만 그것도 잠시, 선생님을 도와

주는 것에도 싫증이 날 때면 현민이는 이내 장난감 총과 대포를 들고 와서 나와 친구들을 향해 마구 쏘아댔다.

나는 그 총을 온몸과 마음으로 받는 시늉을 하며,

"히야~~, 사랑의 총 고마워~!"

"캬~, 오늘은 사랑의 대포구나!"

"이얏~, 선생님 사랑도 받아랏~~!"

과 같은 반응을 하며 행여 질세라 양쪽 손바닥을 밀고 당기며 사랑의 장풍을 마구 쏘아 보냈다.

그런 나를 지켜보던 아이는 어느 날 나와 친구들에게 마구 쏘아대던 대포를 내려놓고 피식 웃으며,

"하여튼 선생님은 제가 지금까지 만난 선생님 중에 가장 희한한 선생님이세요"

라고 말했다. 항암 수술을 받느라 머리카락이 없어서인지 웃는 얼굴 표정이 더 또렷하게 보였다.

"그래? 그런데 희한하다는 게 어떤 의미야?"

"그런 게 있어요. 앗! 수업 마칠 시간이네요. 안녕히 계세요."

현민이는 어딘가 쑥스러운 듯한 표정을 지으며 서둘러 접속을 끊고 화면 밖으로 나갔다. 그 모습을 보며 남아 있던 반 아이 한 명이 내게 말했다.

"저는 현민이가 말하는 희한하다는 게 뭔지 알겠어요."

"그래? 그게 뭔데?"

내가 물었다.

"희한하다는 건, 선생님이 누구보다 웃기고 재미있다는 뜻이에요. 저도 이렇게 재미난 선생님은 처음 봐요."

아이는 싱긋 웃으며 말했다. 나도 아이들이 붙여준 "희한한 선생님"이란 표현이 왠지 마음에 들었다. 나도 아이를 따라 활짝 웃었다.

이처럼 늘 활달했고, 힘이 넘치던 현민이가 갑자기 하늘나라로 갔다는 소식이 믿기지가 않았다. 그 사실을 받아들이기 시작하니, 태풍 같은 슬픔 덩어리가 밀려와 눈물로 흘러내렸다. 나는 현민이가 고통도, 답답함도, 외로움도 없는 곳에서 평안하고 행복하길 기도했다. 그러고 난 며칠 뒤 현민이 어머님과 통화하였다.

"선생님, 저희 현민이가 선생님과 하는 수업을 많이 좋아했어요. 그래서 병원에서도 수업은 꼭 듣겠다며 노트북도 챙겨가고, 항암치료 할 때는 아프다고 울면서도 수업은 반드시 듣겠다고 했어요. 현민이 잘 가르쳐주셔서 감사합니다"
라고 하시는데 눈물이 펑펑 났다.

나에게 희한하다고 했던, 내게도 희한하고 특별했던 그 학생이 너무나 그립고 보고 싶었다. 그 뒤로 4년여 동안 매일 난치병 아이들을 가르치며, 나는 몇 명의 아이들을 더 하늘나라로 보냈다. 그래서인지 나의 모든 수업이 누군가의 생에서 마지막 수업이 될 수도 있다는 마음으로 수업을 하게 되었다. 한없이 밝고 맑은 얼굴로 하나라도 더 배우려고 최선을 다하는 아이들을 볼 때마다, 습관적으로 대충 편하게 살려고 하는 마음이 각성되었다. 아이들은 매 순간 나를 더 깨어나게 하고, 가치 있게 살도록 이끌어 주는 스승들이기도 했다. 그만큼 더 진심을 담아 아이들의 가슴에 닿을 수 있는 수업을 하며, 오래도록 "희한한 선생님"으로 남고 싶었다.

티베트 속담에 "내일이 먼저 올지, 다음 생이 먼저 올지 모른다"라는 말이 있다. 언제든 죽음이 찾아올 수 있다는 것을 기억하면 지금의 삶은 달라진다. 나는 난치병 아이들을 가르치며 오가는 길에 '햇살 아래 이슬과 같은 삶을 어떻게 살아가야 할 것인가?'라는 질문을 던지곤 했다. 다시 돌아온 그 질문이 오늘도 나를 다시 깨어나게 한다.

—
너는 사라진다.
그러므로 아름답다
—

✖

매일 죽음과 마주하며 살던 날들이 있었다. 4년 동안 백혈병과 난치병을 앓고 있는 아이들과 함께 화상 수업을 할 때였다. 독한 약과 힘든 수술을 이겨내고 있는 아이들은 때때로 힘든 모습을 보이기도 했지만, 내가 생각했던 것 이상으로 용감했고 지혜로웠고 성숙했다.

그 가운데 1990년대 가요를 좋아하던 초등학교 2학년 아이가 있었다. 아이는 자신의 꿈이 자기처럼 아픈 아이들을 고쳐주는 의사가 되는 거라며 항상 집중해서 열심히 수업을 들었다. 그러고 나서 수업이 끝나고 쉬는 시간이 되면 목청을 높여 좋아하는 노래를 불러주곤 했다. 이렇게 모든 것에 열정적이던 그 아이가 어느 날 얼굴이 퉁퉁 부은 채 나타났다. 놀란 마음을 감추고서 수업을 마치고 난 뒤 어머님께 연락을 드렸다. 아이의 병이 진전됐다고 하셨다.

아이는 하루가 다르게 상태가 안 좋아졌다. 나는 아이에게 힘을 주고 싶었다. 아이에게 편지를 써서, 장애를 딛고 의사가 된 이승복이라는 분의 《기적은 당신 안에 있습니다》라는 책과 함께 보냈다. 더 이상 치료 방법이 없다는 아이에게 기적이 일어나기를 바라는 마음으로 간절히 기도했다. 하지만 아이는 그 뒤 며칠간 수업에 나오지 않았다.

그리고 얼마 뒤 아이의 부고를 들었다. 어머님께서는 아이가 내가 보낸 책과 편지를 받아 들고 엉엉 울고서는 며칠 후 하늘나라로 떠났다고 하셨다. 그 소식을 듣고서 눈 밑 실핏줄이 터질 정도로 울었다.

누구보다 삶에 대한 열정과 의지가 가득했던 아이의 죽음 앞에서 나도 한동안 헤어나기 힘들었다. 그로부터 10여 년이 지난 지금도 나에게 초등학교 2학년 때의 모습으로 남아 있는 그 아이를 떠올릴 때면 가슴 한편이 저릿하게 아파 온다. 나는 아이들을 통해 죽음이 우리 삶에 함께하는 그림자로서 늘 곁에 있음을, 죽음에는 나이도 순서도 없다는 것을 실감할 수 있었다.

학교 현장에서 만난 아이들 중에도 직간접적으로 죽음을 경험한 아이들이 꽤 많았다. 가깝게는 부모님이나 가족, 친척의 죽음을 접하기도 하고, 멀게는 방송이나 신문에서 접하는 매일의 사건 사고 등을 통해서, 아이들도 죽음과 마주하고 있었다.

어느 해에는 4학년 남자아이가 나에게 찾아와 자신의 아버지가 몇 년간 당뇨를 앓으며 누워 계시다가 작년에 돌아가셨다는 얘기를 꺼냈다. 죽음에 대한 불안과 두려움, 소중한 이를 잃은 상실감을 해결할 방법이 없어 방황하던 아이에게 나는 죽음에 대해 어떻게 말해줘야 할지 여러 날 고민했다.

그러다 좋은 그림책을 몇 권 찾게 되었다. 당시 아이에게 건넨 책은 《코끼리의 등》. 죽음을 준비하는 아빠 코끼리의 등을 바라보던 아기 코끼리가 아빠를 통해 배운 것들을 회상하는 내용이었다.

그 후에도 나는 아이들과 죽음에 대해 생각해 볼 수 있는 여러 자료들을 찾고, 또 아이들에게 전하게 되었다. 다니카와 슌타로 선생의 《죽음은 돌아가는 것》이라는 그림책은 할아버지가 돌아가신 상황으로 시작해, 아이의 시점에서 아이의 느낌과 의문을 담고 있다.

할아버지는 여기에 안 계시지만,
어딘가 계시지 않을까 싶은 생각이 들어.
근데 여기에 안 계시면 어디에 가신 걸까?[31]

그리고 레오 버스카글리아의 《스프링 칸타타》. 프레디라는 나뭇잎은 친구 다니엘과의 대화 속에서 삶과 죽음의 의미를 전한다.

> "그럼 이 나무도 언젠가는 죽는 거야?"
> 프레디가 물었다.
> "언젠가는. 하지만 이 세상엔 나무보다 더 강한 게 있어.
> 그건 생명이야.
> 영원히 이어지는 생명.
> 그리고 우리는 모두 그 생명의 일부인 거야."[32]

영원히 오지 않을 일처럼 죽음을 금기시하고 숨기는 것은 오히려 두려움과 불안을 키우는 일이다. 우리가 죽는다는 사실을 기억할 때 다시는 돌아오지 않을 모든 순간이 더욱 소중해진다. 그리고 죽음을 자각할 때 비로소 진정으로 소중한 것이 무엇인지 깨닫게 된다.

아이들에게도 아이들의 눈높이에 맞는 여러 자료를 통해 자연스럽게 죽음에 대해 사유할 수 있는 기회를 주는 것이 필요하다. 죽음을 소재로 한 좋은 그림책이나 작품들을 함께 읽고 느낀 점을 나누거나 자신이 직접 경험했던 주변의 죽음, 그리고 죽음 자체에 대한 생각을 글로 적어 보는 활동도 할 수 있다.

아이들은 고통과 행복, 슬픔과 기쁨, 삶과 죽음이 공존하는 모순과 혼란을 받아들이며 성장한다. 죽음을 삶의 일부로 받아들이고 나서야, 우리는 밤과 낮처럼, 항상 죽음의 이면에서 빛나고 있는 지금이라는 눈부신 삶을 만나게 된다. 두 번은 없는 모든 삶의 순간들을.

두 번은 없다. 지금도 그렇고
앞으로도 그럴 것이다. 그러므로 우리는
…
반복되는 하루는 단 한 번도 없다.
두 번의 똑같은 밤도 없고,
두 번의 한결같은 입맞춤도 없고,
두 번의 동일한 눈빛도 없다.
…
너는 존재한다―그러므로 사라질 것이다
너는 사라진다―그러므로 아름답다.
―비스와바 쉼보르스카, '두 번은 없다'에서[33]

—

세상의 종말이 온다면

—

✖

    간밤에 꿈을 꾸었다. 여기저기서 불이 나고 있었다. 수많은 건물들이 와르르 무너져 내렸다. 전쟁이 난 건지, 자연재해가 발생한 건지 사람들이 저마다 혼비백산하여 달아나고 있었다. 나도 피신처를 찾아다니다 학교에서 가르치던 학생 두 명을 만났다. 얼른 두 아이를 데리고 튼튼해 보이는 건물로 들어갔다. 그러고는 건물 안에 먹을 것이 있는지 찾아다녔다. 부엌과 창고를 뒤지다 보니 감말랭이가 든 봉지가 나왔다. 아이들에게 감말랭이를 꺼내주며

    "우리 이거 잘 나눠 먹으면서 버텨보자"

라고 말하고는 다시 물을 찾아 나섰다. 아슬아슬한 상황들을 넘겨 가며 어렵사리 발견한 수도꼭지를 돌리려는 찰나, 잠에

서 깨어났다. 꿈을 깨고 나서도 한참 동안 생각이 날 정도로 생생한 장면들이었다.

다음날 수업을 시작하면서 꿈에 나왔던 5학년 교실 아이들에게 꿈 얘기를 해 주었다. 대부분의 아이들은 영화에나 나올 거 같은 이야기라는 듯 웃어넘겼지만, 몇몇 아이들은 사뭇 진지한 표정으로 얘기를 들었다. 그러다가 한 아이가 물었다.

"선생님, 진짜로 세상이 멸망하면 어떻게 해야 해요?"

나는 잠시 멈칫하다가

"쌤이 감말랭이 찾아줄게"

라고 대답했다. 아이들의 와르르 웃는 소리와 함께 시간이 흘러가긴 했지만, 그 아이의 질문이 한동안 나를 따라다녔다. 실제로도 생애 가장 무덥고 긴 여름을 보내면서, 나는 어쩌면 세상의 끝을, 생의 마지막 순간을 본능적으로 상상했는지도 모른다.

며칠 뒤 과학 시간에 '환경오염과 기후 위기'를 가르치는 부분이 있어서 자료를 찾다 보니, 수개월 동안 꺼지지 않는 산불로 한반도 면적의 절반에 이르는 땅이 불타거나, 폭우와 홍수, 폭염으로 수백 명이 죽거나 다친 뉴스 기사들이 쏟아져 나왔다. 대형 허리케인으로 수백만 명이 대피하는 뉴스도 이어져 나왔다. 기후 위기에 이어 "기후 재난", "기후 지옥"이라는 표현까지 나올 정도로 상황이 심각했다.

게다가 지구 한편에서 벌어지고 있는 전쟁으로 어린아이들을 포함해 수만 명이 죽어가고 있다는 뉴스까지 보고 나자, 무기력하고 우울한 감정에 휩싸였다. 기후 위기를 경고하는 학자들이 만든 운명의 날 시계처럼, 지구의 시간이 얼마 남지 않은 것 같은 기분이 들었다.

이런 생각들에 며칠 동안 어둡고 무거운 마음이 이어졌다. 그러던 어느 날 밤, 집에서 두 아이를 재우려는데 아이들이 권정생 선생님의 《엄마 까투리》[34]를 읽어달라며 그림책을 가져왔다. 그림책 첫 장면에는 산불이 난 숲이 나온다. 이어진 장면에서는 불이 난 숲속에서 아이들을 데리고 여기저기로 도망가는 엄마 까투리의 분주한 모습이 보였다. 아홉 마리의 새끼를 데리고 도망 다니다 불길이 몸에 닿자, 엄마 까투리는 자기도 모르게 푸드득 날아오른다. 하지만 엄마 까투리는 이내 아이들 때문에 다시 내려온다. "날아올랐다가는 다시 내려온다"라는 구절이 여러 번 반복되면서, 극한 상황 속에서도 어떻게든 아이들을 살리고 싶어 하는 엄마 까투리의 심정이 그대로 와닿았다. 이어지는 책의 구절은 다음과 같다.

엄마 까투리는 새끼들을 모아 놓고 한군데 자리에 앉았습니다.

두 날개를 펼치고는

깍깍 깍깍

얘들아. 얘들아!

얼른 엄마 날개 밑으로 들어오라고 소리쳤습니다.

새끼들은 얼른얼른 엄마 날개 밑으로 숨었습니다.

엄마 까투리는 두 날개 안에 새끼들을 꼬옥 보듬어 안았습니다.

행여나 불길이 새끼들한테 덮칠까 봐

꼭꼭 보듬어 안았습니다.

이 구절들을 읽다가 나도 모르게 눈물을 주르륵 흘렸다. 그 모습을 보더니 어린 두 아이들이 양쪽 팔에 한 명씩 매달리면서

"엄마, 왜 울어?"

라며 따라 울었다.

나는 마음을 추스르고, 양손으로 아이들을 안고 달래며 책을 끝까지 읽어주었다. 엄마 까투리의 품 안에 있던 아이들은 산불 속에서도 살아남아 재가 된 엄마 곁에 머물며 자라났다. 책의 마지막은 이렇게 끝났다.

그렇게 엄마 까투리는
온몸이 바스러져 주저앉을 때까지
새끼들을 지켜주고 있었습니다.

 책장을 덮고, 아이들을 재우고 나서도 먹먹한 마음이 남아서인지 다시 눈물이 흘렀다. 그러다 잠든 두 아이의 얼굴을 보는데, 문득 둘째가 돌 즈음 감기에 걸려 열이 나고 아플 때, 세 살이었던 첫째가 둘째를 보며 "약 잘 먹고, 밥 잘 먹고 빨리 나아. 누나가 지켜줄게"라고 말했던 것이 떠올랐다. 둘째는 그 말을 이해했는지, 누나를 바라보며 빙긋 웃었다. 작고 작은 어린아이가 동생을 지켜준다고 하는 모습을 보고, 나는 사랑하는 것을 지키고 싶은 마음은 우리의 본능이라는 생각이 들었다.
 자꾸만 종말로 치달아가는 듯한 세상에서 나도 나의 아이들, 가르치고 만나는 아이들을 볼 때마다 지켜주고 싶은 마음이 들었다. 한 명의 아이도 포기하고 싶지 않았다. 그들을 위해, 무기력과 우울에 빠지는 대신 힘을 기르고 중심을 잘 잡고 싶었다. "내일 종말이 온다 해도 나는 한 그루의 사과나무를 심겠다"라고 말한 어느 현자의 지혜로운 말씀이 새삼 가까이 다가왔다. 나도 내 자리에서 할 수 있는 최선을 다하고 싶었다.

그날 밤 오래도록 잠을 뒤척이다 전날 꾼 꿈의 장면에 이어지는 꿈을 꾸었다. 여기저기 불이 번지며 망가져 가는 세상의 모습은 그대로였지만, 이를 바라보는 나의 두 팔과 겨드랑이 아래에서 커다란 날개가 돋아났다. 신기한 마음으로 날개를 펼쳤는데, 날개 아래로 아이들이 모여들었다. 나는 아이들을 날개로 덮어 안았다. 그러고 나서 주변을 둘러보니 나와 같은 마음을 가진 사람들이 저마다의 날개를 펼치고 있었다. 그리고 그 날개들이 모이고 이어져서 마치 커다란 천으로 온 땅을 다 덮듯이 이 세상을 감싸 안고 있었다.

그 장면에 뭉클한 마음이 들면서 잠에서 깼다. 몸을 일으켜 주변을 살피고선 옆에서 잠든 두 아이가 걷어찬 이불을 다시 덮어주었다. 깊이 잠들어 있는 아이들의 숨소리가 평화롭게 들려왔다. 온 세상의 고통과 아픔이 부드럽고 따뜻한 날개 아래에서 녹아내리는 것 같은 깊고 고요한 밤이었다.

서로를 변화시키는 사랑은 눈에 보이고,
피부로 느껴지며, 마음으로 전해지는 것임이 분명하다.
사랑의 힘을 체험하는 목격자로 살아가면서
나는 '삶은 사랑을 배우는 학교'라고 여기게 되었다.
살아가면서 그 어떤 과목보다 먼저 배워야 할 것이 있다면
바로 사랑이 아닐 수 없다.
그렇기에 삶, 사람, 사랑이랑 단어가 이토록 닮았다.
사람이 사랑으로 빚어지는 것이 삶이라면
나는 이 삶을 더 깊이 끌어안으며 살아가고 싶다.

7
가르친다는 건 희망을 노래하는 것

—

선생님의
전국노래자랑 진출기

—

✖

내가 '전국노래자랑'에 나갔다고 하면 대개 농담이라고 생각
한다. 다른 노래 경연대회에 나갔다고 하면 "오~!" 할 것 같
은데, 전국노래자랑에 나갔다고 하면 "예?" 하면서, 눈을 동
그랗게 뜨며 다시 한 번 묻는다.

"진짜요?"

때는 초등교사로 발령받은 3년 차. 학교가 있던 동네 거
리 곳곳에 전국노래자랑 예선 참가자 모집 현수막이 펄럭였
다. 출퇴근길에 이를 보았던 동료 선생님들 사이에서 일상의
이벤트 삼아 한번 나가보자는 얘기가 나왔다. 학교 학생들도
나간다길래 노래방에 가는 기분으로 퇴근 후 다른 선생님들
과 함께 우르르 예선 장소로 찾아갔다.

가까운 대학교 강당에서 열린 예선에는 생각보다 많은 사람이 와 있었다. 700명이 훌쩍 넘는 참가자가 있어서인지 1차 예선에서는 노래 한두 소절 만에 가차 없이 "땡!" 소리가 울렸다. 나는 어찌어찌 1차 예선도 붙고 2차 예선까지 통과했는데, 여전히 대기가 너무나 길었다. 저녁을 먹고 났는데도 최종예선은 시작될 기미가 없었다. 만국기를 온몸에 두르고 등에 북을 멘 아저씨, 형광색 단체복을 맞춰 입은 에어로빅 동아리 아주머니들, 전통무용복을 입고 하늘거리는 춤을 추는 선녀 같은 아이들의 장기도 이어졌다. 예선을 통과하는 것만도 40대 1이 넘는 경쟁률이란 얘기가 들려왔다.

대기 시간만 무려 열두 시간째, 슬슬 함께 온 선생님들에게 미안한 마음이 들었다. 게다가 '이 정도면 가수 아닌가?' 싶을 정도로 노래를 잘하는 실력자들이 즐비했다. (가수 이찬원, 임영웅 등도 전국노래자랑 출신이라고 한다.) 나의 평소 노래 실력으로는 결선 진출이 어려워 보였다. 특별한 장기도 생각나지 않아 이리저리 머리를 굴리던 차에 갑자기 나와 동명이인 가수가 불렀던 노래가 스쳐 지나갔다. 그 생각을 붙잡아 근처 편의점으로 가서 은박지를 구입해 급히 화장실로 갔다. 그리고 왼팔에 은박지를 둘둘 감고선 옷소매를 여몄다.

수업을 위해 꽤 점잖게 차려입었던 정장과 코트. 나는 결선 진출 심사 무대에 오르라는 시작 신호가 울리자마자 왼쪽

소매를 걷어 올렸다. 왼팔을 접어 번쩍이는 은박지 가까이 입을 대고 오른팔은 하늘로 올린 채

"바꿔~ 바꿔~ 바꿔~ 모든 걸 다 바꿔~. 바꿔~ 바꿔~ 바꿔~ 세상을 다 바꿔~"

라며 가수 이정현의 '바꿔'를 부르기 시작했다. 그런 내 모습을 보고 나서, 심사위원석에 앉아 있던 피디로 보이는 한 분이 신상을 적어낸 종이와 나를 번갈아 보더니 물었다.

"진짜 선생님 맞으시지요?"

나는 팔꿈치까지 올라간 옷소매를 다시 내리고, 두 손을 모아 자세를 가다듬고 서서

"네…"

하고 대답했다. 피디는 뭔가 애매한 듯한 표정을 지었지만 결국 최종 합격이 되었다. 예상치 못했던 결말이었다. 밤늦게까지 자리를 지키며 눈이 빨개질 때까지 자리를 지켜주었던 또래 동료 선생님들이 더 좋아해 주었다.

예선 통과 후 근무하던 학교 근처 주민센터에서까지 연락이 왔다. 내 이름을 넣은 현수막을 제작하고 싶다고 했다. 동료 선생님들도 "자유로운 영혼, 이정현"이라고 쓴 현수막을 들고 관객석에서 응원해 주었다. 강당을 꽉 메운 수천 명은 되어 보이는 청중들 속에서 내 이름이 펄럭이는 모습을 보니 신기한 기분이 들었다.

본선 무대에 오를 차례. 지금 생각해도 참으로 당돌하게 "세상에 빛을 전하기 위해 나왔습니다"라고 외치면서 손을 흔들며 등장했다. 본선에서는 가수 김추자의 '무인도'를 불렀다. 노래 전반의 어둡고, 슬프고, 느리고, 낮은 단조 음들이 밝고 즐겁고 빠르고 높게 전환되면서, "솟아라, 태양아. 어둠을 헤치고~!" 하는 부분의 느낌을 제대로 살리고 싶었다. 그런데 현실은, 처음 맞춰 보는 라이브 반주에 음정 박자 모두 엇나갔다! "땡!" 하지 않은 것만도 천만다행이었다.

방송이 나간 뒤 신기하게도 그 영상을 보고 우리나라는 물론 미국에서까지 편지가 왔다. 한 고등학생은 힘들고 우울한 상황 속에서 빛과 희망을 느꼈다고 했다. 비록 음정 박자는 안 맞았지만 노래를 통해 표현하고자 했던 마음이 전달된 것 같아 기뻤다.

그 뒤로 나는 수업이나 강의를 할 때 종종 분위기를 띄우거나 전환하고 싶을 때면,

"전국~"

이라고, 무대에서 뵈었던 송해 선생님의 뉘앙스를 살려 외친다. 그러면 학생들이나 청중들은 자신도 모르게 무의식적으로 장단을 맞춘다(국민 장수 프로그램의 위력이 이렇게나 세다).

"노래자랑~ 빰 빠빠 빠빠 빠빠~ 빠라빠라 빠라빠라 빰빰~."

수업을 할 때는 그 뒤에 같은 리듬으로 한 마디 더 붙인다.

"재미있는~"

"수업 시간~"

때때로 더 신나게 수업을 하고 싶은 날이면, 가수 송대관의 '분위기 좋고' 앞부분의 노래와 후렴을 주거니 받거니 부르기도 한다.

"분위기 좋고(나), 좋고(학생들)!"

"느낌이 와요(나), 와요(학생들)!"

"준비는 됐어(나), 됐어(학생들)!"

"오메 조은 거(다 같이)."

그럴 때면 조는 학생들이 한 명도 없다. 무슨 마법 주문처럼, 내가 전국노래자랑 진출 썰을 풀면서 구호를 외칠 때면, 평소 엎드려만 있던 아이들도 어딘가에 홀린 듯, 마치 '우정의 무대' 관객석에 앉아 있는 장병들처럼 바른 자세로 허리를 꼿꼿이 세우고서 눈을 반짝이며 '칼 박자'로 후렴구를 부른다.

이 외에도 가끔 수업 중간에 아이들이 지루해 하거나 졸려 할 때는 '네 박자'라는 노래의 가사를 살짝 바꿔 아이들과 한 박씩 번갈아 부른다. 때론 발을 구르거나 손뼉을 치며 박자를 맞춘다.

"쿵" "짝" "쿵" "짝" "쿵짜작" "쿵짝" "네 박~자 속~에" "사랑~도 있고, 눈물~도 있고, 웃음도 있네."

함께 노래를 하다 보니 절로 어깨가 덩실거린다. 아무래도 트로트에는 우리 민족만의 흥과 애환과 정서를 풀어내는 어떤 묘미가 있는 것 같다.

나는 교실이라는 무대에서 때론 사회자가, 때론 가수가, 때론 배우가, 때론 이야기 할머니가 된다. 아이들은 내가 어떤 모습이더라도, 때론 서툴러도, 노래를 잘하지 못해도 누구보다 열렬히 호응하고 웃으며 환호해 준다. 아이들과 눈을 맞추고, 마음을 맞추며, 함께 웃고, 함께 우는 그 순간들이 참 행복하다.

누군가 삶은 무대라고 했다. 나는 앞으로도 삶이라는 무대에서 내게 다가오는 어떤 역할이든 후회 없이 시도하고, 경험해 보고, 즐기며, 아낌없이 나눌 것이다. 세상에서 최고로 멋진 관객들이 늘 교실에서 나를 기다리고 있으니까.

—
이것은 수업인가,
예술인가?
—

✖

"지금까지 이런 수업은 없었다! 이것은 수업인가, 예술인가?"

과학 수업 시간. '온도와 열' 단원에서 배운 것을 노래와 랩으로 신나게 부르던 5학년 남학생이 큰 소리로 말했다. 과장된 목소리와 표정으로 말하는 아이의 모습에 교실의 모든 아이들과 함께 웃다가, "교육은 예술이다"라고 한 루돌프 슈타이너Rudolf Steiner의 말이 떠올랐다. 발도르프교육을 창시한 슈타이너는, 교사는 여러 예술을 활용하여 수업과 삶을 예술로 만들어 가는 "교육예술가"라고 표현했다. 이 말에 전적으로 동의한다. 무엇보다 나 자신이 삶에서 꾸준히 예술의 힘을 경험해 왔기 때문이다.

내 삶이 와르르 무너졌다고 생각했던 순간에 나를 붙잡아주었던 것은 시구절들이었다. 고단한 날을 위로해 주고 견딜 수 있도록 힘을 준 것은 음악이었다. 때로는 강렬한 선과 색깔의 그림이 내면에 생기를 불어넣어 주었고, 소설 속 인물들은 내가 살아보지 못했던 삶의 길을 걸어 보게 했다. 그리고 춤과 자유로운 움직임은 내 안의 억압된 감정을 풀어낼 수 있는 배출구가 되어주었다.

우울증으로, 스스로를 고립시키면서 힘든 날을 보낼 때도 글을 읽거나 음악을 들으며 소진된 마음을 채워갔다. 우울증에서 빠져나올 때쯤엔 내 안에서 새로운 글과 그림, 춤이 흘러나왔다. 예술은 내 안의 더 깊은 어둠 속 창조성을 일깨웠다. 내 삶을 변형시켰고 다시 태어나게 했다. 예술은 마음을 비추고 성찰하게 하는 거울이자, 느낌과 감정, 생각을 담아내는 도구였다. 마음을 연결해 주는 통로였다. 그러하기에 나는 매일 글을 읽고 쓰고, 그림을 보고 그리고, 노래를 듣고 부르고, 춤을 추는 일상의 예술가로 살아가고자 한다. 동시에 모든 수업과 강의에서 다양한 예술을 활용한다.

초등학교 저학년의 경우, 읽기나 쓰기보다는 보고, 듣고, 느끼고, 움직이는 활동 위주로 수업을 진행한다. 걸어가면서 발바닥이 땅에 닿는 느낌에 집중해 보거나, 나무의 껍질이나 꽃잎, 풀, 돌멩이를 만져보면서 촉감의 차이를 느껴보게 한다. 어떤 소리를 듣고 자신이 만든 악기로 연주해 보는 시간을 갖고, 읽은 문장을 자신만의 몸동작으로 표현해 보게 한다. 젖은 종이 위에 다양한 물감을 붓칠하는 습식수채화 활동을 통해 색을 탐색하기도 한다. 저학년 아이들의 발달 단계에서는 손과 발 등 몸의 여러 기관을 다양하게 사용하여 신체의 감각을 깨우고 통합하는 것이 중요하기 때문이다.

"올해 1학년을 맡았는데, 우리 반 어떤 아이가 'beautiful' 같은 어려운 영어 단어를 철자에 맞게 써. 그런데 수업 시간에 의자에 바르게 앉아 있지 못해서 늘 기우뚱하고, 선 긋기를 제대로 하지 못해"라고 했던 동료 교사의 말처럼, 과도한 선행학습이나 지나치게 성급한 문자 교육은 아이들의 조화로운 발달에 방해가 되기도 한다. 그릇이 틈이나 금이 없이 튼튼하게 잘 빚어졌을 때 어떤 음식이든 잘 담을 수 있듯이, 아이들은 몸의 균형과 감각이 골고루 발달되었을 때 머리를 쓰는 지적 활동을 제대로 받아들일 수 있기 때문이다.

이처럼 저학년 학생들에게는 다양한 감각을 조화롭게 발달시킬 수 있는 예술 활동 위주로 수업을 하다가 학년이 올라감에 따라 점차 글을 읽고 쓰는 활동을 늘린다. 수학 시간에《봄의 방정식》이라는 그림책을 읽기도 하고, 과학 시간에는 '우리 학교에서 분해자가 사라진다면' 등의 주제로 SF 소설을 써보기도 한다. 여러 시를 읽고, 나만의 시를 쓰거나, 행복이나 사랑을 주제로 질문을 던지고 글을 쓰기도 한다. 배운 것들을 바탕으로 여러 교과를 통합해서 연극 대본이나 영화 시나리오를 쓰고 연기를 하거나 영상을 촬영하기도 한다. 보통 한 가지가 아닌 두세 가지 예술 도구를 함께 결합하여 쓰는 편이다. 수업의 도입 부분에는 감상 활동을, 마지막 활동에는 자유로운 표현 활동을 넣어 이 두 요소가 조화롭게 어우러지도록 수업을 구성한다.

읽기, 보기, 듣기, 느끼기를 바탕으로 한 다양한 감상 활동은 아이들 내면의 씨앗을 깨우는 햇살이 되고, 비가 되고, 양분이 된다. 그리고 그것이 충분히 쌓였을 때 아이들은 자연스럽게 쓰고, 그리고, 움직이고, 노래하고, 연주한다. 마치 들이쉬고 내쉬는 숨의 리듬과 균형처럼 아이들은 자신이 느끼고 받아들인 만큼 표현하고, 성찰하고, 성장한다. 적절하고 충분한 자극과 자료들이 있을 때 아이들 안의 창조성이 싹을 틔우고 꽃을 피운다. 다양한 예술을 활용해서 수업을 하다 보면, 아이들이 가진 저마다의 고유한 재능을 발견하기도 훨씬 쉬워진다.

수업 시간에 몸을 가만히 두지 못해서 늘 지적을 받던 한 3학년 학생은, 음악을 들을 때면 필통 속 연필과 자를 꺼내 박자를 정확하게 맞춰 책상을 두드렸다. 다른 친구들에 비해 소리와 박자에 굉장히 민감한 아이였던 것이다. 다른 활동을 할 때는 산만했던 아이가 음악을 들을 때면 신기할 정도로 집중하는 모습을 보여주었다. 아이는 그 뒤로 드럼과 마림바 등의 타악기를 배우기 시작했다. 자신을 표현할 수 있는 적절한 통로를 찾은 이후 이 아이는 학교에서도 더욱 잘 지내게 되었다.

그 아이를 보며 나는 〈캣츠〉나 〈오페라의 유령〉 등의 작품으로 널리 알려진 세계적인 뮤지컬 안무가 질리언 린Gillian Lynne의 일화가 떠올랐다. 그녀 역시 학교 수업 시간에 가만히 앉아 있지를 못해서 학습 부진으로 병원을 찾은 일이 있었다. 그런데 의사 선생님이, 질리언이 진료실 라디오 음악에 맞춰 춤을 추는 것을 보고는 아이의 무용적 재능을 찾아 무용학교로 진학하도록 권유했고, 그것이 그녀의 인생을 바꿨다고 한다. 만약 질리언을 그저 문제 아이로만 보았다면 그 재능은 꽃피지 못했을 것이다.

대학 교생 실습 시절부터 지금까지 약 20년 동안 아이들을 만나왔다. 아이들을 통해 매번 다양한 사실을 깨닫고 다시금 확인하곤 한다. 그 가운데 중요한 한 가지는, 아이들은 결코 한 가지 기준이나 잣대로 줄을 세울 수 없는, 결코 그 아름다움의 우열을 가릴 수 없는 저마다의 색과 향을 가진 꽃이라는 사실이다. 아이들을 진단하는 도구로, 지적인 사고 수준을 나타내는 IQ나 감성 지능인 EQ 외에도, "음악적 지능, 신체-운동학적 지능, 논리-수학적 지능, 언어적 지능, 공간 지능, 대인관계 지능, 자기 이해 지능, 자연 탐구 지능" 등을 주장한 교육심리학자 하워드 가드너Howard Gardner의 다중지능검사도 있다. 나는 이조차도 넘어서는 더 다양한 관점에서 아이들을 바라볼 필요가 있다고 생각한다.

몇 가지 기준만으로 '다른 것'을 '틀린 것'으로 보는 순간 아이 안의 창의성과 재능은 가려진다. 모든 아이들을 각각 다른 색과 향을 가진 꽃이라는 마음으로 바라보면, 각자가 지닌 고유성이 보인다. '관심觀心'이라는 단어의 한자어처럼 '마음을 두고' '바라보면서' 아이들의 마음속 고유성을 알아봐 주는 눈은 밝은 빛이 되어 아이를 비춘다. 그 빛과 온기 안에서 아이들은 저마다의 모습으로 피어난다.

교육예술가로 살아가고자 하는 나는, 아이들 자체를 신이 빚은 예술품이라는 생각으로 경이롭게 바라본다. 그들의 성장에 감동하고 감탄하는 기쁨을 누린다. 그리고 만나는 모든 아이들을 최대한 편견이나 선입견 없이, 어떤 잣대나 기준 없이 있는 그대로 비출 수 있는 투명한 눈과 마음을 잃지 않고자, 예술로 눈과 마음을 씻는다. 남은 생도 수업이라는 예술 안에서 아이들을 만나고, 소통하며, 함께 아름다움 안에서 걷기 위해서.

—

삶이 하나의 음악이라면

—

✳

"선생님의 미술 시간은 철학 시간 같기도 해요."

6학년 미술 시간에 앞자리에 앉아 있던 한 남학생이 말했다. 미술 시간에 그림을 그리거나 작품을 만들기 전에 늘 여러 질문을 던지고, 다양한 주제로 사유하는 시간을 갖기 때문인 듯하다.

1년 동안의 미술 수업에서, 1학기 초반에는 여러 시대와 다양한 나라의 미술 작품을 보고 감상한다. 오래전 문자가 없던 시절에 그려진 동굴 속 그림이나 암각화 등을 보면, 표현하고 소통하고자 하는 마음은 우리의 본능이라는 걸 느끼게 된다. 대개 고학년 아이들은 자신이 그림을 잘 그리지 못한다고 생각하는 경우가 많다. 나는 잘 따라 그린 그림만이 좋은 그림이 아니고, 자신의 마음을 담는다면 누구나 화가로, 예술가로 살아갈 수 있다고 강조한다. 실제로 모두가 다 아는 세계적인 화가 피카소도 "모든 아이들은 예술가이다"라고 했다고 일러주면 도화지 앞에 앉은 아이들의 태도가 사뭇 진지해진다.

평가와 판단을 넘어 몰입할 수 있는 준비가 되면, 여러 장르의 음악을 듣고 그 느낌을 몸으로 표현해 본 뒤, 다양한 색과 저마다의 방식으로 작업을 시작하도록 한다. 가능한 자신의 느낌과 감정을 있는 그대로 자유롭게 그리거나 입체 작품 등으로 만든다. 평소 잘 다루기 힘든 화와 분노의 감정을 '화 괴물'로 만드는 등 특정 감정을 상징적으로 표현하기도 한다. 그런 작업들에 익숙해지면 자기 돌봄, 행복 등을 주제로 한 수업을 이어간다.

자신의 생각이나 감정 등에 대한 탐색과 표현을 바탕으로, 2학기부터는 나에서 너로, 우리로 확장된 작품활동을 한다. 크로키로 친구들의 얼굴이나 동작을 그리기도 하고, 짝이나 모둠과 함께 협동화를 그리거나 애니메이션 만들기 등의 작업을 하면서 영역을 넓혀간다. 예술이란 나에게서 출발해 타인의 가슴으로 다가가면서 서로를 이어주고 넓혀주는 수단이기도 하니 말이다.

이런 커리큘럼과 흐름 속에서 2학기에는 '내 삶이 음악이라면'이라는 주제로 수업을 한다. 나는 그림을 그리기 전에 낮고 느린 목소리로 이렇게 안내한다.

"의자에 편안하게 앉은 채 눈을 감고 감각들에 집중해 봅시다. 먼저 내 몸에 들어오고 나가는 숨을 느껴봅니다. 고요한 가운데 나의 숨소리를 들어보고, 나의 숨이 내 몸의 어느 정도 깊이까지 들어오고 나가는지 느껴봅니다. 그리고 나의 숨이 어떠한 빠르기로 흐르는지, 어떠한 결로 흐르는지 느껴봅니다. 다음으로는 가만히 눈을 뜨고 엄지손가락을 손목으로 가져가서 나의 맥박을 찾아보고, 그 리듬을 느껴봅니다. 이제 나의 왼쪽 가슴에 두 손바닥을 펴서 포개어 놓고 심장 박동을 느껴봅니다. 내 몸만의 고유한 리듬과 박자와 음악을 찾아봅니다. 그다음에는 내 몸을 둘러싼 세상의 리듬과 박자를 찾아보고 느껴봅니다. 파도의 밀려옴과 쓸려감, 작아졌다 커졌다 하는 달의 주기, 밤과 낮의 변화 등 나를 둘러싼 세상의 리듬이나 빠르기를 느껴봅니다."

잠시 침묵이 이어진 가운데, 한 아이가 감탄 섞인 목소리로 나지막하게 말했다.

"와, 온 세상이 음악이네요!"

이처럼 새로운 눈을 뜨고, 귀가 열린 아이들에게 A4 사이즈의 종이를 먼저 나누어주고, 내가 듣게 된 '나'라는 사람의 리듬, 나만의 고유한 음악을 크레파스를 사용해서 종이에 담아보게 한다. 그리고 아이들이 모두 다 그림을 완성했을 때 교실 중앙 바닥에 그림들을 나선형으로 펼쳐 놓는다.

그다음에는 몇몇 듀엣 연주곡과 노래를 들려준 뒤, 고유한 두 개의 음이 만나 화음을 만드는 것을 느껴보게 한다. 그리고 두 명씩 짝을 지어 8절 도화지에 함께 그림을 그리도록 한다. 아이들은 집중해서, 그리고 한 장의 종이 위에 서로의 공간을 양보하면서 그림을 채워간다.

그다음에는 네 명이 함께 연주와 노래를 하는 쿼텟 음악을 듣고 나서, 네 명의 아이들이 한 장의 2절지에 함께 그림을 그리며 작품을 완성해 나가도록 한다.

모든 그림이 완성된 뒤에 우리 반만의 작은 전시회를 열어 감상하는 시간을 갖는다. 아이들은 마치 달팽이 껍데기나 회오리 모양처럼 중심에서부터 점차 확장되고 커져 가는 그림 주변에 둥그렇게 서서 하나로 완성된 더 큰 작품들을 감상한다. 작품을 감상할 때는 많은 사람들이 어우러져 부르는 합창곡을 듣는다.

혼자였던 내가 누군가를 만나 마음을 나누고 조율하면서 화음을 맞추고, 그렇게 하나의 음악을 만들어 가는 것이 삶이라는 것을 아이들이 자연스럽게 느끼는 것 같았다. 수업을 마치고 한 여학생이 다가와 말했다.

"선생님, 오늘 활동들도 너무 재미있었어요. 매번 그렇지만 선생님께서 하신 말씀들이 정말 좋아서 오래도록 기억날 것 같아요."

나를 향해 수줍고 예쁜 웃음을 지으며 행복한 마음을 나눠주는 아이에게 두 팔을 뻗어 꼭 안아주었다. 서로의 심장이 맞닿은 자리에서도 또 하나의 아름다운 음악이 연주되고 있었다.

수업을 마치고 집으로 가는 중에도 여운이 남아 있던 나는, '나는 어떤 리듬과 박자로 살아가고 있는지', '나는 삶이라는 음악에 맞춰 어떤 춤을 추고 있는지'를 묻고 있었다. 집으로 향하는 버스를 타고서 창밖에 흐르는 풍경을 바라보고 있는데, 문득 수년 전 지리산 실상사에서 도법 스님과 차담을 나누던 때가 생각났다. 스님께서는 내게 무엇을 하는 사람인지 물으셨는데, (당시 나는 한창 여러 춤을 추고 다니던 때였기에)

"춤을 추는 사람입니다"

라고 대답하였다. 그러자 스님은

"지금 우리가 대화를 나누는 것은 춤이냐, 아니냐?"

라고 하셨다. (나는 잠시 고민하다)

"춤입니다"

하였다. 그러자 스님은

"우리가 차를 마시는 것은 춤이냐, 아니냐?"

하고 물으셨다. 나는

"춤입니다"

라고 대답하였다.

차담을 마치고 문을 열고 밖으로 나갔을 때 바람에 나부끼는 나무와 풀들, 하늘을 날아가는 새들, 빗질하는 사람들, 꽃 사이를 날아다니는 벌 등 온 존재가 춤을 추고 있었다. 그 이후로 나는 기도한다. 내가 노래하듯, 춤추듯, 가볍고 즐겁게 살아갈 수 있기를, 살아 있는 모든 존재들의 노래와 춤이 계속되기를, 그 노래와 춤이 조화롭게 어우러져 모두가 행복하기를.

—

엉덩이에 사는 개구리

—

✖

종종 교실 책상과 의자를 앞뒤로 밀고 수업을 한다. 아이들은 교실 중앙에 생긴 빈 공간에서 자유롭게 움직이는 것만으로도 해방감을 느낀다. 5학년 2학기 과학 '생물과 환경' 단원에서 생태계를 공부하던 어느 날엔 우리 모두가 얼마나 깊이 연결되어 있는지 몸으로 느껴보는 활동을 했다.

나는 아이들에게 숲속의 나무가 된 것처럼 커다란 원 모양으로 둥글게 서 보자고 했다. 그러고선 나무가 된 아이들에게 퀴즈를 냈다.

"북미 원주민들은 나무를 다섯 글자로 '○○○○○'이라고 불렀는데 혹시 뭔지 알겠는 사람?"

고개를 갸우뚱하는 아이들에게 힌트를 하나 더 주었다.

"지금 우리의 자세를 잘 관찰해봐."

"음…, 키가 큰 사람?"

"오, 뒤에 '사람'은 맞았어!"

"아하, 쭉 뻗은 사람?"

"앗, 거의 비슷해! 우리의 자세를 다시 봐봐!"

"아아, 알겠어요! 서 있는 사람!!!"

"딩동댕!"

그러자 내 근처에 있던 한 남자아이가 손을 들고 물었다.

"선생님, 그럼 작은 꽃이나 바위는 앉아 있는 사람인가
요?"

"오, 그것도 정말 잘 어울리는 이름인데?"

나는 엄지척을 날리고선, 아래 노래처럼 북미 원주민들은
자연의 모든 생명을 형제나 가족, 친구로 여겼다는 얘기를
해 주었다.

　　나는 땅의 끝까지 가 보았네
　　나는 물의 끝까지 가 보았네
　　나는 하늘의 끝까지도 가 보았네
　　나는 산맥 끝까지도 가 보았네
　　하지만 내 친구 아닌 것은 하나도 없었네[35]
　　　ㅡ나바호족의 노래

그러고 나서 이번에는 반대로 북미 원주민들이 사람들을 뭐라고 불렀는지 맞혀보라며 걷는 시늉을 했더니

"걷는 나무! 걸어 다니는 나무! 춤추는 나무!"

여기저기에서 정답이 한꺼번에 튀어나왔다. 정답을 모두 맞혔으니, 이번에는 아이들에게 서 있는 사람이 되어 뿌리를 깊이 내리고 자신의 자리에 서서 줄기를 잘 지탱하고 가지를 하늘로 뻗어보자고 했다. 아이들은 순식간에 나무로 변신했고, 나는 바람이 되어 그런 아이들 사이를 누볐다. 바람인 내가 지나갈 때마다 아이들은 바람에 가지와 잎이 흔들리는 나무처럼 팔과 몸을 움직이며 웃었다.

다음으로, 아이들은 '걷는 나무'가 되었다. 뿌리를 달고 있는 발은 무겁게, 평소 걷는 속도의 0.5배속 정도로 느릿느릿 움직이면서 교실을 누비는 아이들의 모습은 사뭇 진지하였다. 그런데 어떤 친구가 움직이면서 복근에 너무나 힘을 주었는지 갑자기 "뿌앙" 하는 소리가 났다. 그 소리에 아이들은 고개를 좌우로 돌리며 누가 범인인지 탐색하기 시작했다. 누구든 범인으로 몰리면 졸업할 때까지 방귀쟁이라는 별명을 달고 살 판이었다. 그때 내 눈에 얼굴이 빨개지며 입술을 질끈 깨무는 남학생이 눈에 들어왔다. 나는 재빨리 아이들에게 말했다.

"오호, 우리 반 누군가의 엉덩이에 개구리 한 마리가 살고

있나 보네! 뿌앙~!"

내 말에 아이들이 한바탕 까르르 웃으며 시선이 분산되었다. 나는 아이들에게 북미 원주민들은 자연물의 특성을 따와서 자신의 이름을 짓거나 아이들의 이름을 짓는다고 했다. "성난 황소"나 "춤추는 늑대"처럼 "엉덩이에 사는 개구리"도 누군가의 이름이 될 수 있다고 하니까,

"하하하, 엉덩이에 사는 개구리!"

아이들은 내 말을 따라 하면서 등과 허리를 젖히고 배를 잡으며 웃어댔다. 역시나 아이들에게 방귀, 똥은 본능의 웃음보따리를 즉각 터뜨리는 만능열쇠이다. 위기는 금방 넘어갔다.

그 후에는 아이들과 서로에게 어울리는 인디언식 이름도 지어주었다. 평소 급식을 먹을 때 고기보다 채소를 잘 먹는 친구에게는 "풀 뜯는 염소", 시력이 좋아 작은 것까지 잘 보는 친구에게는 "눈 밝은 사슴", 큰 덩치에 매번 졸려서 엎드려 있는 친구에게는 "겨울잠 자는 곰" 등 여러 이름이 나왔다. 이름을 짓다 보니 무수히 많고도 다양한 특성을 가진 생명들이 모여 생태계를 이루며 살아간다는 것이 절로 이해되는 것 같았다.

그 뒤에 부른 '같이 살자'라는 노래의 가사에도 수업 활동의 내용이 잘 연결되어 있었다.

"개미 지렁이 고라니 호랑이 느릿느릿 발걸음 맞춰봐. 먹고 자고 마시고 싸고 필요한 모든 걸 가졌어."³⁶

마침 "방귀 뽕, 트림 꺽"이라는 추임새까지 있는 노래였다. 준비했던 수업의 마지막 미션은 둥글게 서서 동작과 함께 이 노래를 함께 부르는 것이었다. 나는 살아 있는 모든 동물은 모두 먹고, 마시고, 싸고, 방귀 뀌고, 트림하는 공통점이 있다고 얘기했다. 더불어 그것은 우리가 살아 있다는 증거이며 부끄러운 일이 아니라고 했다. 그 후 여느 때처럼 교사인 내가 태연하게, 그리고 약간의 과장된 몸짓으로, 먹고 마시고 싸고 방귀 뀌는 동작을 하니까, 아이들도 서로의 눈치를 거의 보지 않고 자신에게 집중해 즐겁게 동작을 따라 했다. 특히 무릎을 구부리고 엉덩이를 낮춰 방귀를 뀌고, 똥을 싸는 동작에는 더 진심이었다.

그렇게 깔깔, 하하, 호호 즐겁게 웃다 보니 시간이 휘리릭 지나갔다. 쉬는 시간 종 울리기 1분 남짓 남겨놓고, 아이들은 손뼉을 치고, 발을 구르고, 손동작을 하면서 노래의 마지막 구절을 어느 때보다 힘차게 불렀다.

같이 산다는 건, 날 덜어내고 너를 채우는 일
같이 산다는 건, 내 우주 너의 우주 만나는 일

그날따라 노래의 마지막 구절을 부르는 여러 목소리가
더 큰 하나로 모여, 고요한 호수 위로 퍼져나가는 동심원처
럼 교실 밖으로, 학교 담장 너머로 멀리멀리 퍼져나갔다.

—

과학 수업 시간에 쓰는 시

—

✖

사막에서 밤을 보낸 적이 있다. 해가 지면서 하나, 둘 떠오르던 별들은 반구 모양으로 까만 하늘을 가득 채웠다. 말 그대로 하늘에서 쏟아져 내릴 것 같은 별들을 바라보다가 나도 모르게 눈물이 쏟아졌다.

무한한 우주 속에서의 나를 바라보니 내가 너무너무 작게 느껴졌다. 덩달아 내가 지니고 있던 무거운 생각도, 걱정도, 고민도 한없이 가벼워지고 사라지는 것 같았다. 그것은 내가 짊어지고 있던 것들로부터의 자유이고, 해방이었다.

그 뒤로 나는 삶이 무거워질 때마다 눈을 감고, 우주 안의 나를 느껴보곤 한다. 무한대라는 분모 위에 나를 두면, 나라는 존재는 한없이 작아지기도 하고, 무한대처럼 커지기도 했다. 상상을 뛰어넘는 광활한 공간 속에서 내가 살아 숨 쉬고 있다는 기적 그 자체로 모든 것이 충분해졌다.

5학년 아이들과의 과학 수업 '태양계와 별' 단원에서, 나의 이 같은 경험을 아이들과 공유해 보고 싶었다. 수업 도입에서는 지금 우리가 살고 있는 지구에서 시작하여 광활한 우주로 점점 확장해 나갔다가, 몸 안의 세포와 원자로까지 축소해 가며 여행해 볼 수 있는 'Powers of Ten 10의 거듭제곱'이라는 영상을 함께 보았다. 아이들은 영상을 통해 우주 속의 나, 그리고 내 몸 안의 모습을 상상해 보았다. 아이들은 "내가 이렇게 작은 존재였다니!" 하며 탄성을 지르기도 하고, "신비롭다", "우주가 너무 커서 두렵고 무섭다", "가면 갈수록 넓고 많은 것들이 있다", "내 몸 안에 우주가 있다" 등의 반응을 보였다.

이어지는 수업에서는 매시간 우주와 관련된 시를 한 편씩 함께 읽었다. 다니카와 슌타로 시인의 '이십억 광년의 고독'이라는 시의 마지막 구절을 음미해 보기도 하고,

우주는 일그러져 있다

따라서 모두는 서로를 원한다

우주는 점점 팽창해 간다

따라서 모두는 불안하다

이십억 광년의 고독에
나는 갑자기 재채기를 했다[37]

이번에는 시를 먼저 읽고 제목을 맞혀보기도 했다.

여기서 함께 줄넘기를 하자 여기서
여기서 함께 주먹밥을 먹자
…
여기 몇 번이라도 돌아오자
여기서 뜨거운 차를 마시자

여기서 함께 앉아 잠시 동안
신선한 바람을 쐬자[38]

이 시의 제목은 '지구로 떠나는 피크닉'이다. 시를 읽고서
한 아이가 말했다.
"무한한 우주 속에서 지구라는 공간으로 소풍을 왔다고
생각하니까, 우리가 하는 평범한 행동들도 모두 특별하게 느
껴져요."

단원 수업이 모두 끝난 뒤에는 백일장을 열었다. 과학 시간에 배운 것들을 암기하거나 문제를 풀고 답을 맞히는 것을 넘어 우주, 그리고 그 안의 나를 바라볼 수 있는 시야를 열어주고 싶었다. 백일장의 주제는 '우주'. 시를 쓰기로 했다. 시는 세상을 보는 새로운 관점을 열어주는 통로이자 마음을 담을 수 있는 그릇이기에 적절한 표현 도구가 되어줄 거라 생각했다. 아이들은 백일장 날을 손꼽아 기다렸고, 시를 쓸 때도 무척이나 진지하게 몰입했다.

> 우주선을 타고
> 보고 싶은 사람한테로 가고 싶다.
> 별처럼 빛나는 가족한테도 가고
> 친한 친구들한테도 가서 함께 놀고 싶다.
>
> 우주는 하늘에만 있는 줄 알았는데
> 내 옆에도 있었구나.
> ─김수현, '우주선'에서
>
>
> 온전히 자신의 힘으로 빛을 내는 것
> 우린 그것을 별이라고 부른다.
> ─이라희, '별'에서

그대와 나의 거리를 생각하자면 나는 수성이다.

우리의 사이는 누구보다도 가깝기 때문이다.

내가 그대를 사랑하는 마음을 표현하면 나는 목성이다.

그대를 사랑하는 마음이 매우 크기 때문이다.

　　　　　　　　　　　—노다이엘, '내가 천체라면'에서

이 별이 사라져도

그 별이 나에게 주었던 기쁨을 잊을 수 없고

우리는 이 기쁨을 널리 알려 주고 싶기에

우리는 또 다른 사람의 별이 되어준다.

　　　　　　　　　　　—설민찬, '우리에게 별이란'에서

너와 함께하는 동안

내 안의 우주는 더욱 아름다워졌다.

　　　　　　　　　　　—이하록, '너와 우주'에서

　5학년, 열한 살 아이들이 쓴 시들은 심오하고 아름다웠다. 우리 안에서, 그리고 우리의 만남과 헤어짐 속에서 우주를 발견하고 느끼는 아이들의 마음이 소중하게 느껴졌다. 시를 쓰기 위해 깊이 고민하고, 생각한 흔적들도 귀하고 아름답게 다가왔다. 아이들의 시를 읽고 또 읽다 보니 별빛처럼 반짝이는 아이들의 마음에 내 마음도 밝아졌다.

아이들과 함께 수업을 하면서 나 역시도 몇 주 동안 우주 속에서의 나와 내 삶을 다시금 바라보게 되었다. 그러면서 우리의 만남과 헤어짐이 우주의 모습과 닮았다고 느꼈다. 자신의 궤도를 따라, 각자의 속도대로 공전하는 행성처럼 우리는 각자의 삶을 살다가 어느 순간에는 서로 가까워지고 또 멀어지기도 한다. 어떤 인연은 태양처럼 빛과 힘을 주고, 어떤 인연은 위성처럼 거리를 두고서 주위를 맴돌고, 어떤 인연은 별똥별처럼 스쳐 지나가기도 한다. 그렇게 지난 삶에서 만나왔던 이들의 얼굴과 이름을 가만히 떠올리다 보니, 한때는 친구였던 이들도 이제는 기억에서조차 희미해진 경우도 있었다.

어떤 이와는 사랑과 친절을 나누었지만, 어떤 이와는 갈등과 오해로 힘들기도 했다. 아쉬움도 있고, 후회가 남는 인연도 있었다. 하지만 하록이가 쓴 시처럼 수많은 사람과의 만남으로 내 마음은 더 아름다워지고 풍요로워졌다. 그리고 수현이가 쓴 시처럼 내 옆에 있는 우주를 기억하고, 더 소중히 여기고 싶은 마음이 들었다.

과학 수업 시간에 시를 써 보았던 아이들도 그 경험을 통해 무한한 우주 속에서 우리가 살아 있다는 신비를, 기적 같은 확률로 만나서 삶을 나누고 있다는 이 경이로움을 더 깊이, 오래도록 간직할 수 있기를 바란다. 내게도 무척 의미 있었던 수업을 정리하며 이 글을 쓰는 지금, "우리처럼 작은 존재가 이 광대함을 견디는 방법은 오직 사랑뿐이다"[39]라고 한 칼 세이건의 말이 보름달처럼 환하게 마음을 밝혀 준다.

삶은 사랑을 배우는 학교

"아 씨, 내가 안 온다고 했잖아!"

주말, 한 교육지원청에서 열린 가족 프로그램의 시작을 앞두고 있는데 큰소리가 들린다. 중학생 민지가 엄마에게 소리를 지르고 있다. 아이는 억지로 끌려온 모양새다. 복도 의자에 앉아 고개를 푹 숙인 채 핸드폰 게임만 하고 있다. 아이의 엄마가 아이를 한 번 더 설득한다.

"○○, 싫다고!"

아이는 욕을 하며 한층 더 크게 소리를 지르더니, 급기야 엄마를 때린다. 그 앞에서 엄마는 어쩔 바를 모르다 일그러진 표정으로 내게 말한다.

"선생님, 죄송해요. 오늘 참여하지 못할 수도 있겠어요."

"어머님, 괜찮아요. 여기까지 오신 것만 해도 이미 잘하셨어요."

어머님께 말씀드린 다음, 나는 무릎을 낮추어 아이 앞에 앉아 말한다.

"안녕, 나는 달리아 쌤이야. 민지가 어떤 아이인지 궁금했는데 만나서 반가워. 여기까지 와줘서 정말 고맙고 대단하네! 오늘 아무것도 안 해도 되니까, 함께 안에 들어가서 네가 하고 싶은 대로 해."

하고 싶은 대로 하라는 말 때문인지 민지가 천천히 고개를 든다. 그러더니 못 이기는 척 강의실 안으로 들어가 털썩 구석에 앉는다. 곧이어 다른 가족들도 들어왔다. 참석 인원 모두가 모인 다음 함께 둘러앉아 지금 이 순간 느껴지는 마음을 나누었다. 참여자들의 나눔이 끝나고, 나는 사람들에게 민지를 소개하였다.

"민지도 오늘 함께하고 있어요. 민지는 언제든 참여하고 싶을 때 원 안으로 들어오면 돼요."

그 말에 민지는 슬그머니 원 안으로 들어와 엄마 옆자리에 앉았다.

곧이어 부모와 아이가 짝이 되어 거울 놀이를 했다. 한 사람은 거울, 한 사람은 움직이는 사람이 되어 순서를 바꿔가며 서로의 역할을 하는 활동이다. 민지는 무심한 얼굴로 몸을 삐그덕거리며 엄마의 움직임을 따라 했다. 다음으로 부모와 아이 중 한 명은 바닥에 눕고, 다른 한 명은 앉은 채로 양손을 비벼 따뜻하게 데운 손을 누워 있는 사람의 굳어 있는 몸의 부위에 올려주는 활동을 했다.

민지는 여전히 조금은 귀찮은 듯한 얼굴이었지만 엄마의 어깨, 손목, 무릎에 두 손을 올려놓았다. 그렇게 아이의 손길이 몸에 닿자 엄마는 이내 눈물을 터뜨렸다. 다음 차례로 민지가 눕자 엄마는 두 손을 비벼서 아이의 몸 구석구석에 온기를 불어넣어 주었다. 5분 남짓한 짧은 시간이었는데 민지는 그 사이에 깜빡 잠이 들었다 깨어난 것처럼 얼굴과 몸의 긴장이 풀려 있었다.

번갈아 접촉하며 온기를 전하는 활동이 끝난 뒤, 나는 참가자들 모두에게 바닥에 누워 몸을 태아처럼 둥글게 말라고 한 뒤 크고 얇은 천으로 한 명 한 명 덮어주었다.

"우리 모두 잠시 엄마 배 속의 자궁 같은 공간에서 편안히 몸과 마음을 쉬어보겠습니다. 온몸으로 깊이 숨을 들이쉬고 내쉬어 보세요. 나를 온전히 감싸주는 편안하고 따스한 공간에서 모든 긴장과 상처와 아픔을 내려놓고 쉬어봅니다. 그리고 잠시 뒤에 종소리가 들리면 천천히 천을 벗겨내면서 내 몸과 마음이 다시 태어나는 것을 상상해 보겠습니다."

안내를 한 뒤 10여 분 정도의 시간이 지날 즈음 종을 쳤다. 맑은 종소리와 함께 참가자들은 몸과 마음을 깨우면서 천천히 천을 벗었다. 그리고 함께 온 가족의 얼굴을 다시 마주 보았다. 느리고 고요한 침묵 속에서 서로의 얼굴을 새롭게 바라보는 사람들의 얼굴에는 가볍고 밝은 빛이 스며 있는 듯했다.

그 후 부모와 아이가 짝이 되어 지금껏 함께 살아오면서 가장 행복했던 순간들을 나누는 시간을 가졌다. 민지 엄마가 민지에게 말했다.

"엄마는 네가 태어났을 때 정말 세상을 다 얻은 것처럼 행복했어. 너를 품에 안았는데 네가 눈을 뜨고 엄마를 바라보는 거야. 엄마는 그때 정말 세상에 더 부러울 게 없었어. 네가 처음으로 학교 가던 날도 생각나. 큰 가방을 메고 걸어가던 뒷모습을 엄마는 한참 동안 바라보았어. 엄마가 일하고 사는 데 바빠서 예전처럼 우리 민지를 자주 바라봐 주지 못하고, 안아주지도 못해서 너무 미안해."

말을 마친 민지 엄마는 눈물을 쏟아냈다. 나는 조용히 민지 엄마 곁에 휴지를 가져다 놓았다. 엄마의 이야기를 듣는 민지의 얼굴에는 이전에 없던 표정들이 스쳐 갔다. 온몸에 날카롭게 세우고 있던 가시가 부드러운 털로 변해서 가라앉은 것 같았다.

거친 말투와 성난 목소리, 폭력적인 행동을 보였던 어두운 분위기의 아이가 밝고 말간 얼굴로 인사까지 하고 떠나자, 조마조마한 마음으로 교육지원청을 지키시던 선생님 몇 분이 오셔서 말씀하셨다.

"와, 선생님, 어떻게 하신 거예요?"

"아, 네…. 그런데 제가 한 건 아니에요."

나는 손을 내저으며 말했다. 실제로 그건 내가 아닌 우리 안의 사랑이 한 일이었다.

가족 프로그램을 진행할 때면 나는 매번 사랑이 일으키는 기적을 체험하곤 한다. 강의실에 들어설 때는 무겁고 피곤하고 고통스러운 얼굴과 몸으로 날이 서 있던 아이들과 어른들이 강의가 끝나고 나서는 가볍고 밝아진 얼굴로 웃으면서 서로를 안고 따스한 축복의 말과 감사를 전하는 것은 기적이 아닐 수 없다. 서로를 사랑하고 싶지만 방법을 몰라서 혹은 살아가며 생겨났던 상처들 때문에, 가장 가까운 사람들을 아프게 했던 이들이 함께 모여 사랑을 배우고 익히는 순간은 참으로 눈물겹다. 그럴 때마다 나는 사랑의 강력한 힘을 체험한다.

몸과 마음 안에 박혀 있던 얼음 가시와 같은 상처가 녹아내리고, 몸과 마음의 흐름을 막고 있던 응어리가 빠져나간 자리에는 자연스럽게 사랑이 차오른다. 먹구름이 걷히면 그 뒤에서 늘 빛나고 있던 푸른 하늘과 햇살이 그 모습을 드러내듯이 깊은 연결 속에서 분리의 고통이 사라지는 순간, 빛이 터져 나온다. 나는 어둠을 가르고 떠오르는 태양을 바라볼 때처럼 감탄하며 그 순간을 바라본다. 오랜 시간 이를 목격하며 확신하게 되었다, 사랑은 눈에 보이는 것이라고. 사랑은 서로 따뜻하게 맞잡은 손이고, 부드러운 눈빛이고, 손길이며, 열려 있는 귀와 마음이라고. 그리고 서로를 행복하게 꽃피우는 말이고 행동이라고.

서로를 변화시키는 사랑은 눈에 보이고, 피부로 느껴지며, 마음으로 전해지는 것임이 분명하다. 사랑의 힘을 체험하는 목격자로 살아가면서 나는 '삶은 사랑을 배우는 학교'라고 여기게 되었다. 살아가면서 그 어떤 과목보다 먼저 배워야 할 것이 있다면 바로 사랑이 아닐 수 없다. 그렇기에 삶, 사람, 사랑이랑 단어가 이토록 닮았다. 사람이 사랑으로 빚어지는 것이 삶이라면 나는 이 삶을 더 깊이 끌어안으며 살아가고 싶다. 삶이 내게 보여준 사랑을 기억하고 전하며.

사랑 후에 남는 것들

겨울 코트를 꺼내입는데, 주머니에서 무언가가 바스락거렸다. 마이쮸였다. 평소에 사 먹던 게 아니라 의아했다. 그러다 순간 한 아이의 얼굴이 떠올랐다. 매일 마스크를 끼고 다니던, 말수가 없던 4학년 아이였다. 지난겨울, 수업을 마치고 학교 앞을 걸어가고 있는데, 아이는 나를 보더니 멀리서부터 달려왔다. 숨이 차도록 뛰어온 아이는 내 앞에서 잠시 어깨를 들썩이며 숨을 고르더니, 마이쮸 하나를 내밀었다. 그러더니 머리가 땅에 닿을 만큼 허리를 숙여 인사를 하고는 다시 가던 길로 달려갔다.

아이가 건넨 마음이 예쁘고 소중해서 겨우내 주머니에 마이쮸를 넣고 다녔다. 주머니에 손을 넣을 때마다 마이쮸에 손이 닿았다. 그럴 때면 멀리서 달려와 인사를 하던 아이가 떠올랐다. 오랜만에 입은 코트 안에서 오래도록 간직하고 싶었던 아이의 사랑을 다시 만나니 반가웠다.

내가 만나온 모든 아이들은 자신의 사랑을 누구보다 아낌없이 나누었다. 아이들은 늘 작은 쪽지나 편지, 정성껏 접은 색종이로 자신의 마음을 표현했다. 두 팔을 벌려 나를 안아주었고, 밝게 웃으며 나의 말을 경청했다. 순수하고 용감하게 사랑을 나눠주는 아이들과 함께하고 있기에, 삶이 나를 사랑하고 있음을 잊지 않을 수 있었다.

그런 아이들과 삶의 의미와 세상의 신비를 나누고 싶어서, 더 많이 배우고 성장하고자, 여러 길을 찾아 나섰다. 그 길에서 만나온 아이들의 굳어 있던 표정에 다시 미소가 번지고, 구부정한 몸이 곧게 펴지고, 눈에서 다시 빛이 반짝일 때마다 나는 내가 살아 있다는 것이 벅차게 감사했다.

먼 옛날 어느 별에서 내가 세상에 나올 때
사랑을 주고 오라는 작은 음성 하나 들었지
사랑을 할 때만 피는 꽃 백만 송이 피어오라는
진실한 사랑을 할 때만 피어나는 사랑의 장미
미워하는 미워하는 미워하는 마음 없이
아낌없이 아낌없이 사랑을 주기만 할 때

백만 송이 백만 송이 백만 송이 꽃은 피고

그립고 아름다운 내 별나라로 갈 수 있다네

—심수봉 노래 · 작사, '백만 송이 장미'에서

이 노래의 가사처럼 우리는 어쩌면 진실한 사랑을 하기 위해 이 행성에 왔는지도 모른다. 그런 내 삶에 다가와 가슴에 사랑의 꽃을 피워준 아이들과 수많은 이들에게 감사한다. 나는 그 사랑에 기대어 살아왔다.

고마운 이들의 이름을 모두 부르자면 그것만으로도 책 한 권을 더 써야 할 만큼 많은 이들이 떠오른다. 어릴 때부터 유난히 많이 아팠던 나를 지극한 사랑으로 돌봐주신 부모님과 나를 거듭나게 해 주신 하나님, 재미있고 다정한 삶의 동반자가 되어준 신랑과 나를 엄마로 태어나게 해 준 두 아이들, 내가 어둠의 골짜기를 지날 때마다 내 이름을 노래처럼 부르며 손을 잡아주었던 친구들과 새로운 세상에 눈과 마음을 열게 해 준 수많은 삶의 스승들, 나를 선생님이라 불러주는 모든 학생들, 2011년부터 무려 14년에 걸쳐 원고를 기다려 주고 격려해 주었으며 편집에 참여해 준 고세규 대표님, 지금 쉬고 있는 숨 안에서도 연결되어 나를 살아 있게 해 주는 세상의 모든 존재들에게 깊이 감사한다. 그리고 이 글을 읽어주시는 모든 독자님께도 진심으로 감사하며, 가슴에 핀 꽃들을 건넨다.

당신이 거기 있어 여기 내가 있다.

달리아 쌤의 달달한 수업 꿀팁[*]

● **주의집중력 키우기**

주의집중력은 모든 생활에서 기본이 되는 능력이며, 꾸준한 연습으로 길러질 수 있다. 주의집중력 향상을 위해 아래 활동을 게임처럼 재미있게 진행할 수 있다.

1. 산처럼 앉기

주의집중력의 기본은 바른 자세이다. 흔들리지 않는 굳건한 산처럼 바르게 앉아, 여러 자극에도 흔들리지 않는 자세를 유지하는 법을 연습해 보자. 바르게 앉은 뒤에는 내 호흡의 빠르기나 리듬감, 숨의 깊이, 숨결 등을 자세히 관찰해 본다.

2. 숨에 숫자 붙이기

들이쉬고 내쉬는 숨에 숫자를 붙인다. 들이쉬고 내쉬며 '하나', 다시 들이쉬고 내쉬며 '둘'… 이런 방식으로 숫자를 '하나'에서부터 '열'까지 세는 방법, 혹은 숫자를 '열'에서부터 '일'까지 거꾸로 셀 수도 있다. 각자의 호흡 속도에 맞추어 숫자를 붙이면 된

✳ 유튜브 '달리아스쿨' 채널에 대부분의 활동이 업로드되어 있습니다. 교실에서 아이들을 대상으로 하는 방식으로 제작되어 있는데, 이를 활용해서 다양한 연령과 대상을 위한 수업도 가능합니다.

다. 중간에 숫자를 놓치면 다시 처음으로 돌아가 숫자를 센다.

3. 초 맞히기

눈을 감고 호흡에 집중한다. 선생님은 1~100까지 숫자 중 하나를 정해서 말한 뒤 종을 울린다. 종이 울린 뒤 숫자만큼 초를 센다. 선생님이 말한 숫자만큼의 초를 정확하게 맞힌 사람이 점수를 얻는다. 처음에는 작은 수를, 갈수록 큰 수를 정해서 도전해본다.

4. 도구를 사용한 놀이

풍선을 사용해 바람을 불었다가 뺐을 때, 풍선이 커졌다가 작아지는 것을 살펴본다. 숨이 내 몸에 들어오고 나가면서, 배나 가슴이 어떻게 변하는지도 관찰한 뒤 기록하거나 친구들과 생각을 나누어 본다.

5. 나무처럼 서기

나무가 뿌리를 깊이 내리듯 다리를 단단히 지탱한 뒤 팔을 가지처럼 위로 뻗는다. 익숙해지면 한 다리는 들고 균형을 잡아본다. 두 명씩 짝을 지은 뒤 한 명은 나무, 다른 한 명은 바람이 되어 바람은 나무 곁을 맴돌며 움직이고, 나무는 계속해서 중심과 균형을 잡는다.

● 경청을 위한 활동

우리의 귀는 항상 열려 있다. 주변의 여러 소리 중 내게 필요한 소리를 집중해서 듣고 경청하기 위해서 아래와 같은 활동을 하면 도움이 된다.

1. 귀의 감각 깨우기

거울이나 사진을 활용하여 귀의 생김새를 관찰한다. 코끼리나 토끼 등 귀가 큰 동물이 되었다고 상상하며 주변의 소리에 귀를 쫑긋 세워본다. 손가락으로 귀를 위에서부터 귓불까지 귀를 꾹꾹 눌러주며 마사지를 해 준다.

2. 소리 찾기

눈을 감고 고요한 침묵 속에서 주변에서 들리는 모든 소리를 찾아본다. 평소에 잘 들을 수 없었던 작은 소리들을 찾은 뒤 친구들과 나눠본다.

3. 소리가 사라지는 순간 맞히기

울림이 길게 이어지는 종을 준비한다. 처음 소리가 날 때부터 완전히 사라질 때까지 끝까지 소리를 집중해서 듣는다. 소리가 완전히 사라졌을 때 손을 든다.

4. 외계인 그리기

선생님은 다양한 묘사의 말들로 외계인의 생김새를 설명한다. 학생들은 선생님의 말씀을 참고하여 외계인을 그린다. 얼굴이나 손, 발의 모양, 개수 등을 잘 듣고, 다 그린 뒤 선생님의 그림과 비교해 본다.

5. 앵무새 놀이

둘씩 짝을 지어 서로가 하는 말을 듣고, 그대로 따라 한다. 순서를 정한 뒤 한 명은 사람이 되어 말을 하고, 다른 한 명은 앵무새가 되어 그 말을 그대로 듣고 따라 한다. 순서를 바꿔가며, 처음에는 한 단어에서부터 시작해서, 여러 문장까지 말해본다.

● 감정 탐색

감정은 날씨, 신호등, 온도계 등 눈으로 변화를 살펴볼 수 있는 대상을 사용해서 비유적으로 가르치는 게 효과적이다. 또한 여러 감정의 특징을 알고, 이를 캐릭터로 만들어 보는 활동을 통해 자신의 감정을 보다 객관적으로 인식할 수 있다.

1. 마음의 날씨

감정은 날씨와 닮은 점이 많다. 우리 마음속에서 시시각각 변하는 감정과 어울리는 날씨를 찾아 '마음의 날씨'를 주제로 글을 쓰거나 그림을 그려본다.

2. '마음의 창' 만들기

감정을 날씨에 비유해서 탐색한 뒤 '마음의 창' 만들기 활동을 할 수 있다. 마음은 눈에 보이지 않지만, 가슴에 창을 내어 들여다보면 어떨지 상상한 뒤 활동을 이어간다.

종이를 반으로 접은 뒤 열어서 내 마음의 날씨와 풍경을 그림으로 그린 뒤 창처럼 열었다 닫았다 해본다.

3. 마음 유리병 만들기

투명한 유리병 안에 물을 채운다. 여러 색깔의 모래에 각각 어울리는 감정들을 하나씩 붙인 뒤 색깔별로 유리병 안에 하나씩 붓는다. 예를 들어 노란색 모래에는 '기쁨의 감정'이라고 이름 붙인 뒤 넣고, 빨간색 모래에는 '화의 감정'이라고 붙인 뒤 넣는 방식이다.

이렇게 여러 감정들을 색상별 모래로 상상하면서 유리병 안에 넣고 흔들면 유리병 안이 여러 색의 모래들로 뿌옇게 변한다. 그때 유리병을 다시 맑게 만들기 위해서는 어떻게 해야 할지 질문한 뒤, 유리병을 가만히 두고 바라보도록 한다.

유리병 안이 다시 잔잔해지고 맑아지는 모습을 보면서, 우리 안에서 일어나는 감정도 그 감정을 일으키는 자극을 멈추고 가만히 바라보다 보면 색상별 모래처럼 가라앉는 것을 확인할 수 있다.

이렇게 만든 유리병은 아이들의 눈에 잘 띄는 곳에 두었다가 마음이 산란해지거나 여러 감정들이 일어났을 때 활용할 수 있다.

4. 감정 캐릭터 만들기

영화 〈인사이드 아웃〉에서처럼 내가 자주 느끼는 감정을 5~7가지 정도 정해서 감정이 일어났을 때의 몸의 변화, 감정의 특징 등에 대해 함께 탐색해 본다. 각각의 감정에 가장 어울리는 색과 모양을 생각하며 감정 캐릭터를 그리고 이름을 지어준다.

● 화 다루기

'화'라는 감정은 우리의 몸과 마음에 격한 반응을 보이게 하는 힘이 센 감정이다. 화의 속성을 잘 알고, 이를 다루는 법을 알고 연습하며 익히는 것은 나와 모두를 위해 필요하다.

1. 화 탐색하기

'화가 났을 때 몸과 마음에는 어떤 변화가 생기며, 어떤 말이나 행동을 하게 되는지?', '최근에 나는 어떤 상황에서 화가 났는지, 평소에 언제 화가 나는지?' 등의 질문을 칠판에 적고 이에 대해 자유롭게 이야기해 본다.

2. 화 괴물 만들기

지점토와 고무찰흙으로 자신만의 화 괴물을 만든다. 화라는 감정을 자신과 동일시하지 않고 객관화된 대상으로 실체화해서 본다. 이런 작업을 통해 아이들은 화가 두렵거나 무서워해야 할 감정이 아니라 내가 돌봐야 할 감정이라는 것을 알게 된다.

3. 화를 달래기

내가 만든 화 괴물이 어떻게 하면 진정될 수 있을지 함께 고민해 본다. 숨에 집중하거나, 천천히 걷거나, 호흡을 세는 등 화가 났을 때 그에 끌려다님으로써 자신과 주변에 상처를 입히지 않도록 응급처치할 수 있는 방법을 적고 함께 나눈다.

● 접촉 놀이

부드럽고 따뜻한 접촉을 충분하게 경험한 아이들은 자신과 다른 존재들을 소중히 여길 줄 안다. 접촉은 자신에서부터 주변 사람들에게로 범위를 점차로 넓혀 나간다.

1. 내 몸과의 접촉

따뜻한 온기가 느껴질 때까지 두 손을 빠르게 비빈다. 따스한 온기를 모아 두 손을 양쪽 눈 위에도 올려보고, 양쪽 귀 위에도 올려놓는다. 다시 온기를 모아 두 손으로 양쪽 턱을 감싼 뒤 두 손으로 얼굴 전체를 부드럽게 쓰다듬어 준다.

다시 두 손으로 머리 위부터 몸을 천천히 쓸어준다. 머리와 목, 어깨, 두 팔과 손, 가슴과 등, 배와 허리, 엉덩이, 허벅지, 무릎, 종아리, 발목과 발까지 따뜻하고 부드럽게 쓸어준다. 작은 아기나 어린 동물의 털을 쓰다듬듯 조심스럽고, 섬세한 손길로 스스로를 소중히 쓰다듬는다.

2. 짝과 함께하는 접촉

두 사람씩 짝을 지어 서로의 호흡을 맞춘다. 한 사람은 자신이 편안하게 느끼는 공간을 찾아 앉거나 눕는다. 다른 한 사람은 양 손을 비빈 후 짝의 눈 위나 어깨 등 피로가 쌓이기 쉬운 곳에 손을 올려놓고 10~30초 정도씩 머물면서 따스한 온기를 전한다. 이후에 역할을 바꾸어 진행한다.

3. 여러 명이 함께하는 접촉

모든 사람이 함께 천천히 걷는다. 걷다가 만나는 사람에게 처음에는 눈으로 인사를 하고, 그다음에는 서로의 검지 끝을 맞닿게 하는 ET 인사를 한다. 다음으로는 손바닥을 마주치며 하이 파이브를 할 수도 있고, 팔꿈치나 발 등을 가볍게 접촉하며 인사를 할 수도 있다. 서로에게 안정감과 친밀함이 생겼을 때는 한 손이나 두 손을 붙이고 함께 움직여도 좋다.

● 반영과 공감을 위한 놀이

앞서 했던 여러 활동을 바탕으로 서로를 비추는 반영과 감정을 주고받는 공감을 연습하고 익힐 수 있다. 아래 활동은 일상생활의 대화에도 적용해 볼 수 있다.

1. 거울 놀이

거울은 모든 것을 그대로 비춘다. 움직이는 사람과 거울의 역할을 정한 뒤 1분 정도의 시간을 정해서, 한 명은 움직이고 거울 역할을 하는 사람은 그대로 따라 한다. 느리거나 빠른 음악을 적절히 넣어서 진행하면 더욱 신나는 활동이 될 수 있다.

두 사람씩 짝을 지어서 해보다가, 전체 그룹에서 움직이는 사람 한 명을 정하고 나머지는 모두가 거울이 되어 움직이는 사람을 따라해볼 수도 있다.

2. 거울 대화

거울처럼 상대를 비추면서 상대의 이야기를 듣고 나누는 활동이다. 두 사람씩 짝을 지어 한 사람은 말하는 사람, 다른 한 사람은 거울이 되어 앉은 상태에서 시간을 정하여 실행한다.

거울은 비추기만 할 뿐 말은 하지 않는다. 가능한 한 어떠한 판단도 하지 않고 듣기만 한다. 비판이나 충고, 조언뿐만 아니라 공감적 반응 역시 하지 않고, 그저 듣기만 한다.

주제는 여러 가지가 될 수 있다. 아래는 거울 대화를 나눌 때 할 수 있는 주제와 방법의 예시이다.

**주제: 최근 일상에서 가장 기뻤던 순간/최근 일상에서 가장 고통
스러웠던 순간**

① 두 사람이 마주 앉아 서로의 눈을 바라본다.

② 눈을 보고 숨을 고르면서 어색하거나 불편하거나 웃음이 나
오거나 하는 마음들이 지나가는 것을 바라본다.

③ 순서를 정해 한 사람이 먼저 5분 동안 자신의 이야기를 시작
한다(5분을 알리는 타이머를 맞춰 놓아도 좋다). 오늘 하루 있었
던 일, 최근에 가장 힘들었던 일 등 주제를 정해도 좋고, 지금
이 순간에 떠오르는 것을 이야기해도 좋다.

④ 한 사람이 이야기할 때 듣는 사람은 생각이나 판단을 내려놓
고 상대의 말뿐만 아니라 몸짓과 눈빛으로 무엇을 전하고 있
는지 온전히 집중한다. '그랬구나', '힘들었겠다' 등의 호응이
나 대답을 하지 않고 귀와 마음을 열어 듣기에만 집중한다.

⑤ 5분이 지나면, 두 사람 모두 눈을 감고 잠시 침묵하면서, 말
하고 들으며 일어났던 여러 느낌과 마음을 바라보고 흘려보
낸다.

⑥ 서로 역할을 바꿔서, 말하기와 듣기를 한다.

⑦ 다시 5분이 지나면 잠시 침묵하면서 숨을 고르고 서로에게
감사 인사를 전한다.

이렇게 서로 거울이 되어 비추는 활동을 하다 보면, 서로의 마음
이나 기쁨, 슬픔 등의 감정을 보다 선명하게 느끼고 공감할 수
있다. 그리고 서로의 아픔과 고통이 깊이 연결되어 있다는 것도
느낄 수 있다. 이런 체험을 바탕으로 할 때 우리는 자신과 타인

의 고통을 덜기 위한 길로 발걸음을 옮길 수 있다.

3. 감정 맞히기 게임

여러 표정이나 동작을 담은 다양한 인물의 사진을 보고 그 인물의 감정을 추측해 본다. 몇 명의 친구들이 앞에 나와서 자신의 감정을 표정과 몸으로 표현해 보고 나머지 친구들이 맞혀본다.

4. 방과 방 사이 감정 전달 게임

5~6명씩 한 조를 이룬다. 조별로 일렬로 죽 서는데, 첫 번째 아이를 제외하고는 모두 뒤돌아선다. 맨 앞에 선 학생은 진행자가 제시한 감정 단어를 본 뒤 두 번째 학생을 터치해서 앞으로 돌아서게 하여, 말이 아닌 표정과 몸짓으로만 그 감정을 전달한다.
그 다음에는 두 번째 학생이 세 번째 학생을 돌아서게 하여 자신이 본 것을 그대로 복사하듯 전달한다. 이렇게 맨 마지막에 서 있는 학생에게까지 차례로 감정을 전달한 뒤 마지막 학생이 그 감정이 무엇인지 맞히는 게임이다.
맨 앞에 서 있는 학생이 두 번째 학생에게 감정을 전달할 때부터 시간을 측정해서, 정확하게 감정을 맞힌 조 가운데 가장 짧은 시간에 맞힌 조가 최종 승리하는 것으로 한다.

5. '잠.깐.만!' 놀이

교실 안에서 모두가 힘들었던 상황을 찾아 이를 역할극으로 만든다. 친구들이 그 상황을 연기하며 재현하다가 누군가에게 상처를 주는 말과 행동을 하는 순간 모두가 함께
"잠.깐.만!"

이라고 소리친다. 그때 상황을 재현했던 아이들은 마치 영상을 되감듯 자신이 했던 행동을 거꾸로 돌려 처음으로 돌아간다. 그리고 서로를 다치게 했던 말과 행동을 어떻게 공감적인 대화나 행동으로 바꿀 수 있을지 친구들과 함께 논의한다.

조별로 나누어서, 멈춰 있던 문제 상황을 공감을 통해 새로운 모습으로 바꾸어 해결한다. 논의를 토대로, 조별로 문제 상황을 해결하는 역할극을 만들어 발표한다.

● '새롭게 시작하기'Beginning a new' 대화법

평화공동체인 프랑스 플럼 빌리지에는 4단계로 이루어진 '새롭게 시작하기' 대화법이 있다.

1. 꽃에 물 주기

먼저 상대방에게 감사한 점을 표현한다. 상대방이 내게 잘 대해 준 것 등을 구체적으로 말하면서, 그의 장점·힘·용기 등 긍정적 자질에 대해서도 말한다.

예) "네가 ~를 해줘서/빌려줘서 참 고마웠어."

　　"네가 건강하게 잘 커 줘서 참으로 감사하단다."

2. 후회와 미안한 마음 나누기

내가 과거에 했던 말이나 생각, 행동에서 상대방에게 상처나 아픔을 준 것이 있는지 깊이 들여다보고 나누면서 그것에 대해 진심으로 사과한다.

예) "네가 아끼던 물건을 망가뜨려서 미안해."

　　"상처를 주는 말로 네 마음을 아프게 해서 정말 미안하구나."

3. 어려운 점이나 상처를 나누며 도움을 요청하기

현재 자신의 마음에 짐이 되거나 힘든 상황 등을 나누면서 도움을 요청한다. 상대방의 생각, 말, 행동 때문에 내 마음이 어떻게 다쳤는지 말한다.

예) "네가 ~게 말할 때/행동할 때 나는 너무 마음이 아파."

　　"엄마(아빠)가 저와 제 친구를 비교하실 때 마음이 많이 불안하고 힘들었어요."

4. 포옹하기

서로를 안고 함께 숨을 들이쉬고 내쉰다. 마음을 열고 진정한 사랑과 감사를 느끼고 서로에게 전하며 나눈다.

첫 번째 숨을 쉬면서 '지금 이 순간, 이 자리에 내가 살아서 존재함을 느끼고 감사하기.'

두 번째 숨을 쉬면서 '지금 이 순간, 이 자리에 내가 사랑하는 이 사람이 살아서 존재함을 느끼고 감사하기.'

세 번째 숨을 쉬면서 '지금 이 순간, 이 자리에 우리와 함께 존재하는 주변과 세상의 모든 존재를 느끼고 감사하기.'

수업 참고 자료

1. 잠재력과 창의력
◎ 책
- 켄 로빈슨 · 루 애로니카, 정미나 옮김, 《엘리먼트》(21세기북스, 2016)
- 파블로 네루다, 정현종 옮김, 《질문의 책》(문학동네, 2013)

◎ 그림책
- 김순한 글, 김인경 그림, 《씨앗은 무엇이 되고 싶을까?》(길벗어린이, 2001)
- 미카 아처 글 · 그림, 김난령 옮김, 《나 진짜 궁금해》(나무의말, 2022)
- 최숙희 글 · 그림, 《너는 어떤 씨앗이니?》(책읽는곰, 2013)

◎ 동영상
- 지식채널e - 위대한 질문_001 (youtube.com)

◎ 노래
- '씨앗의 꿈' – 민경찬 작사 · 작곡
- 'spring rain' – 이루마 작곡

2. 경청
◎ 책
- 서정록, 《잃어버린 지혜, 듣기》(샘터사, 2018)

◎ 그림책
- 마수드 가레바기 글 · 그림, 이정은 옮김, 《남의 말을 듣는 건 어려워》(풀빛, 2024)
- 코리 도어펠드 글 · 그림, 신혜은 옮김, 《가만히 들어주었어》(북뱅크, 2019)

3. 감정 탐색

◎ 책

- 틱낫한, 이수경 · 혜주 옮김, 《틱낫한 스님의 마음 정원 가꾸기》(판미동, 2013)

◎ 그림책

- 앤디 J. 피자 · 소피 밀러, 김세실 옮김, 《네 느낌은 어떤 모습이니?》(불광출판사, 2023)
- 최숙희 글 · 그림, 《마음아 안녕》(책읽는곰, 2018)

4. 화

◎ 책

- 틱낫한, 허우성 · 허주형 옮김, 《화》(운주사, 2024)

◎ 그림책

- 게일 실버 글, 크리스틴 크뢰머 그림, 문태준 옮김, 《천천히 걷다 보면》(불광출판사, 2011)
- 게일 실버 글, 크리스틴 크뢰머 그림, 문태준 옮김, 《화가 났어요》(불광출판사, 2010)
- 최숙희 글 · 그림, 《엄마가 화났다》(책읽는곰, 2011)
- 몰리 뱅 글 · 그림, 박수현 옮김, 《소피가 화나면, 정말 정말 화나면》(책읽는곰, 2013)

5. 계절

◎ 책

- 이해인 지음, 《사계절의 기도》(분도출판사, 2018)
- 파커 J. 파머, 홍윤주 옮김, 《삶이 내게 말을 걸어올 때》(한문화, 2019)

◎ 그림책

- 리바 무어 그레이 글, 라울 콜론 그림, 황윤영 옮김, 《봄 여름 가을 겨울의 춤》(보물창고, 2008)

◎ 시

- '봄날 사랑의 기도' - 안도현

◎ 음악

- '사계' - 비발디
- '봄봄' - 양양
- 'summer' - 히사이시 조
- '가을' - 백정현
- 〈Winter to spring〉 - 조지 윈스턴 앨범(1982)

6. 행복
◎ 책
- 앤소니 드 멜로, 이현주 옮김, 《행복하기란 얼마나 쉬운가》(샨티, 2012)
◎ 그림책
- 샬롯 에이저, 이하나 옮김, 《행복은 아주 작은 것들로부터》(룸, 2023)
- 실비아 크라홀레츠, 최성은 옮김, 《행복의 순간》(옐로스톤, 2023)
- 프란체스카 피로네, 오현지 옮김, 《매일매일 행복해》(피카주니어, 2022)
◎ 음악
- '피워내자' - 배이화 작사 · 작곡, 남하율 노래
- '행복하면 좋겠다' - 배이화 작사 · 작곡
- 'Happiness is here & now' - Plum Village songs

7. 자기 돌봄
◎ 책
- 타라 브랙, 김선경 엮음, 이재석 옮김, 《자기 돌봄》(생각정원, 2018)
◎ 음악
- '너는 아름다워' - 강지선 작사 · 작곡
- 'See me beautiful' - Red Grammer 노래, Red Grammer · Kathy Grammer 작사 · 작곡

8. 우주
◎ 책
- 칼 세이건, 홍승수 옮김, 《코스모스》(사이언스북스, 2004)
◎ 시

- '내 안의 우주' – 안재동
- '별' – 정여민
- '사랑하는 별 하나' – 이성선
- '이십억 광년의 고독' / '지구로 떠나는 피크닉' – 다니카와 슌타로
◎ 음악
- '내 마음에도 별이 내려' – 김희동 노래, 윤석중 작사, 김희동 작곡
◎ 영상
- 'Powers of Ten(10의 거듭제곱)' – 찰스 임스(Charles Eames) · 레이 임스
  (Ray Eames)

9. 연결과 공존
◎ 그림책
- 이케다 가요코 구성, C. 더글러스 루이즈 영역, 한성혜 옮김, 《세계가 만
  일 100명의 마을이라면》(국일미디어, 2002)
◎ 음악
- '같이 산다는 건' – 솔가와 이란 노래 · 작사 · 작곡
- '쌀 한 톨의 무게' – 홍순관 노래 · 작사 · 작곡
- '예쁘지 않은 꽃은 없다' – 백창우 작사 · 작곡

10. 죽음
◎ 책
- 엘리자베스 퀴블러 로스, 이진 옮김, 《죽음과 죽어감》(청미, 2018)
◎ 그림책
- 다니카와 슌타로 글, 가루베 메구미 그림, 최진선 옮김, 《죽음은 돌아가는
  것》(너머학교, 2017)
- 레오버스카 글리아 글, 천은실 그림, 조병준 옮김, 《스프링 칸타타》(샘터
  사, 2011)
- 아키모토 야스시 글, 아미나카 이즈루 그림, 엄혜숙 옮김, 《코끼리의 등》
  (보물상자, 2008)
- 엘리자베스 헬란 라슨 글, 마린 슈나이더 그림, 장미경 옮김, 《나는 생명

이에요》(마루벌, 2024)

. 엘리자베스 헬란 라슨 글, 마린 슈나이더 그림, 장미경 옮김, 《나는 죽음
  이에요》(마루벌, 2024)

11. 웹사이트

. 마더 테레사 하우스 사랑의 선교회 https://missionariesofcharity.org
. 마음 비추기 피정 https://m.blog.naver.com/innerteacher
. 마하보디 호스피스교육센터 http://mahaedu.or
. 인도 북부 디어파크명상센터 https://deerpark.in
. 인도 북부 투시타명상센터 https://tushita.info
. 태국 위파사나센터 https://northernvipassana.org/en/
. 텐진 팔모 사이트 https://tenzinpalmo.com
. 파커 파머 용기와 회복 센터 https://couragerenewal.org
. 플럼 빌리지 명상센터 https://plumvillage.org

부록 3

인물 용어 소개

● 인물

권정생 1937~2007

한국의 대표적인 동화 작가이자 아동문학가. 인간과 자연, 삶과 죽음의 본질을 탐구한 작품들로 널리 사랑받고 있다. 1937년 일본 도쿄에서 태어났으며, 일본에서 고된 삶을 보내다 가족과 함께 1946년 경북 청송으로 귀국했다. 어린 시절 가난하고 병약했던 경험은 그의 작품 세계에 영향을 주었으며, 약자와 소외된 존재들을 따뜻하게 품는 시선으로 이어졌다. 대표작《강아지 똥》은 세상의 가장 작은 존재조차도 의미와 가치를 지닌다는 메시지를 담고 있다. 이 작품은 한국 아동문학의 걸작으로 평가받는다.《몽실 언니》,《점득이네》,《사과나무밭 달님》,《하느님의 눈물》등에서도 전쟁과 가난, 자연과 생명의 소중함, 인간의 존엄성을 다뤘다. 생애 후반에는 경북 안동의 초가집에서 소박하게 살며 글을 쓰는 한편, 소득을 가난한 이웃과 환경 보호를 위해 기부했다. 권정생의 문학은 한국 문학사에서 중요한 자리를 차지하며, 독자들에게 삶의 본질을 돌아보게 하고 진실한 사랑과 연민을 일깨우는 데 기여하고 있다.

다니카와 슌타로 谷川俊太郎, 1931~2024

일본의 시인, 작가이자 번역가. 1931년 일본 도쿄에서 태어났다. 현대 일본 시 문학의 중요한 인물 중 한 명으로 꼽힌다. 1952년 발표한《이십억 광년의 고독》이라는 시집으로 널리 알려졌다. 간결하면서도 깊이 있는 문체로 인간 존재의 의미, 자연, 사랑과 죽음 등을 주제로 많은 작품을 남겼다. 어린이책과 그림책 작가로도 활동하여 많은 사랑을 받았다.

달라이 라마 Dalai Lama, 1935~

티베트 망명정부의 지도자이자 티베트 불교의 스승. 티베트 본명은 텐진 가쵸

(Tenzin Gyatso)로 '바다와 같은 지혜의 마음'이라는 뜻이다. 티베트 불교의 핵심인 자비와 보리심을 전 세계에 알렸다. 비폭력 평화운동을 널리 전파한 공로로 1989년 노벨평화상을 수상했다. 《달라이 라마의 행복론》, 《용서》 등의 책은 전세계적인 베스트셀러가 되었다.

라이너 마리아 릴케 Rainer Maria Rilke, 1875~1926

오스트리아 태생의 독일어권 문학의 중요한 시인. 철학적 사유와 섬세한 감정적 표현이 담긴 시와 글로 인간 존재와 내면을 탐구했다. 편지 형식의 글로 젊은 시인에게 창작과 예술의 의미에 대해 쓴 글들이 전 세계적으로 널리 사랑을 받았다. 대표작으로 《두이노의 엘레지(Duineser Elegien)》, 《오르페우스에게 보내는 소네트(Die Sonette an Orpheus)》, 《젊은 예술가에게 보내는 편지(Briefe an einen jungen Dichter)》, 《시간의 서(Das Stunden-Buch)》 등이 있다.

라즈니쉬 오쇼 Rajneesh Osho, 1931~1990

명상가이자 철학자. 인도 태생으로 대학에서 철학을 공부했다. 예수, 붓다, 장자의 가르침을 강론한 여러 책들이 있고, 과거로부터 전해지는 지혜를 현대인에게 맞게 전하기 위해 역동적 명상법 등을 도입하였다. 〈선데이 타임스〉는 20세기를 빛낸 천 명의 위인 중 한 사람으로 오쇼를 선정했다. 오쇼는 자신의 일에 대해 새로운 인간이 탄생하도록 기반을 닦는 것이라고 했으며, 이 새로운 인간을 '조르바 붓다(Zorba the Buddha)'로 부르곤 했다. 조르바 붓다란 니코스 카잔차키스의 소설 속 주인공인 그리스인 조르바처럼 세속의 즐거움을 누리는 동시에, 붓다와 같은 내면의 평화를 겸비한 존재를 일컫는다. 그의 가르침에 일관되게 흐르는 정신은, 과거로부터 계승되어 온 시대를 초월한 지혜와 오늘날의 과학 문명이 지닌 궁극적인 가능성을 한데 아울러 통합하는 것이었다.

람 다스 Ram Dass, 1931~2019

미국의 심리학자, 명상가, 작가. 그의 삶과 가르침은 서양과 동양의 영적 전통을 통합하고, 사랑, 연민, 죽음을 수용하는 데 초점을 맞추고 있다. 하버드대학교에서 심리학 교수로 활동하였고, 이후 인도 여행에서 카롤리 바바(Neem Karoli Baba)를 만나 '람 다스'라는 이름을 받았다. 대표 저서인 《지금 이곳에 있으라(Be Here Now)》는 명상, 요가, 영적 깨달음을 소개한 책으로, 1971년 출간 이후 전 세계적으로 큰 영향을 미쳤다.

루돌프 슈타이너 Rudolf Steiner, 1861~1925

오스트리아 출신 철학자이자 신비주의자, 교육자. 인지학(Anthroposophy)을 창시하며 인간과 우주의 관계를 탐구하는 독창적인 사상을 제시했다. 그의 사상은 교육, 농업, 예술, 의학 등 다양한 분야에 걸쳐 영향을 미쳤다. 특히 발도르프 교육(Waldorf Education)을 통해 전 세계적으로 알려졌다. 그는 20세기 초 유럽의 정신적·사회적 위기 속에서 인간의 내적 성장과 영적 발전을 강조하며 현대 문명에 대한 대안을 제시했다. 주요 저서로《철학의 자유》,《신비주의의 기초》,《영적 과학의 관점에서 본 우주의 기원》등이 있다. 예술과 과학, 종교를 통합하려는 그의 노력은 인류의 전인적 발전에 큰 영감을 주었다. "우리는 세상을 더 나은 곳으로 만들기 위해 내면의 빛을 밝혀야 한다"는 그의 메시지는 오늘날에도 많은 사람들에게 울림을 주고 있다.

리처드 바크 Richard Bach, 1936~

미국의 작가이자 비행기 조종사. 3천 시간 이상을 비행했으며, 자유기고가로 활동하며 비행 잡지에 글을 썼다. 해변을 거닐다가 공중에서 들려오는 목소리에 이끌려 집으로 돌아와 곧바로 쓰기 시작한 작품이 대표작《갈매기의 꿈》이다.《갈매기의 꿈》은 1970년 정식 출간된 이후 5년 만에 700만 부가 판매되었고, 전세계에서 번역 출판되었다. 불후의 명작이 된 이 작품은 의존보다는 자유를 선택하는 삶의 가치를 일깨워 준다. 또한 인간은 누구나 위대한 가능성을 내면에 간직하고 있다는 메시지를 전한다.

마더 테레사 Mother Teresa, 1910~1997

가톨릭 수녀. 본명은 아그네스 고냐. 알바니아에서 태어났으며 18세 때 인도로 가서 가톨릭 수녀가 되었다. 1948년 사랑의 선교회를 설립하여 병들고 가난한 이들을 돌보았다. 그 공로를 인정받아 1979년 노벨평화상을 수상하였다. 2016년 교황 프란치스코는 마더 테레사를 성인으로 시성하였다. 관련 작품으로《마더 테레사의 아름다운 선물》(이해인 역) 외 다수가 있다. 그녀는 "우리가 이 세상에서 할 수 있는 가장 작은 일이 큰 사랑으로 변할 수 있다"고 말했다. 마더 테레사의 헌신적인 삶과 무조건적 사랑은 전 세계인들에게 깊은 감동과 영감을 주고 있다.

메이 사튼 May Sarton, 1912~1995

벨기에 태생의 미국 작가이자 시인. 주로 자전적 요소와 내면적 탐구를 중심으로 한 시와 소설을 썼고, 여성의 삶과 정체성, 고독과 자아 발견을 주제로 다루었다. 대표작으로 《고독(Solitude)》, 《다른 빛(A Different Light)》, 《조용한 삶(Still Lives)》 등이 있다. 그녀의 작품은 일상의 소소한 순간들을 섬세하게 포착하여 독자들에게 공감을 불러일으켰다. 현대 여성 문학의 선구자로 평가받고 있으며, 독자들에게 자아 탐색과 내면의 성장을 위한 영감을 주고 있다.

메리 올리버 Mary Oliver, 1935~2019

미국의 시인. 어린 시절부터 자연에 깊은 관심을 가졌고, 자연 속에서 많은 시간을 보냈다. 열네 살 때 시를 쓰기 시작해 1963년 첫 시집 《여행하지 않고(No Voyage and Other Poems)》를 썼다. 자연 속에서의 깊은 통찰과 명상적인 순간들을 명징하고도 아름다운 언어로 표현하였다. 30여 권이 넘는 시집과 산문집을 발표했다. 대표작으로 《아메리칸 프리미티브(American Primitive)》, 《빛의 집 (House of Light)》, 《내가 일찍 일어나는 이유(Why I Wake Early)》, 《천 개의 아침 (A Thousand Mornings)》, 《푸른 말들(Blue Horses)》 등이 있다. 그녀의 작품은 월트 휘트먼과 헨리 데이비드 소로의 영향을 받았으며, 내면의 독백과 고독을 다루는 측면에서 에밀리 디킨슨과 비교되기도 한다.

베르나르 베르베르 Bernard Werber, 1961~

프랑스의 소설가이자 시나리오 작가. 일곱 살 때부터 단편소설을 쓰기 시작한 타고난 글쟁이. 고등학교 때는 만화와 시나리오에 탐닉하면서 〈만화 신문〉을 발행하였다. 이후 올더스 헉슬리와 H.G. 웰즈를 사숙하면서 소설과 과학을 익혔다. 《개미》, 《나무》, 《상상력 사전》, 《상대적이고 절대적인 지식의 백과사전》 등 과학적인 상상력과 철학적인 질문이 가득한 책들을 발표했다. 그의 작품은 전 세계에서 다양한 언어로 번역되었고 세계적으로 널리 사랑받고 있다. 작가는 말한다. "글쓰기는 제가 세상을 소화하는 방식이고, 세상의 수많은 문제들에 대해 나름의 답변을 내고, 대응하는 것이기도 합니다"라고.

비스와바 쉼보르스카 Wisława Szymborska, 1923~2012

폴란드의 시인이자 수필가. 야기엘론스키대학교에서 폴란드어문학과 사회학을 공부했으나 제2차 세계대전으로 중퇴했다. 제2차 세계대전을 경험하며 자란 그녀의 작품은 인간 존재와 삶에 대한 철학적이고 깊은 성찰을 담고 있다. 간결하고 명료한 언어로 인간과 우주, 사랑, 죽음, 역사 등을 노래했다. 독일 괴테문학상, 폴란드 펜클럽 문학상 등을 받았으며, 1996년 노벨문학상을 수상했다. 대표 작으로 《끝과 시작》, 《검은 노래》, 《충분하다》 등이 있다. 그녀는 일상적인 소재를 통해 보편적인 인간 경험을 탐구하며, 독특한 유머 감각과 깊은 사유로 큰 울림을 전한다.

샨티데바 Śāntideva, 685~763

8세기 인도의 대승불교 승려이자 철학자. 《입보리행론》으로 잘 알려져 있다. 나란다 대학에서 활동하며 대승불교의 핵심 교리와 실천을 가르쳤고, 자비와 지혜를 바탕으로 한 보살의 길을 체계적으로 설명했다. 삶에 대한 구체적인 기록은 많지 않다. 평범한 승려로 여겨지다가 《입보리행론》을 통해 그 깊은 통찰과 가르침으로 놀라움을 자아냈다고 전해진다. 그의 가르침은 보리심(菩提心)을 발원하고 실천하는 삶, 공성(空性)에 대한 철학적 이해, 깨달음을 향한 지속적인 수행을 강조한다. 샨티데바의 저작은 대승불교 전통, 특히 티베트 불교 겔룩파에서 필수적으로 학습되며, 그의 사상은 오늘날에도 전 세계 불교 수행자와 철학자들에게 큰 영향을 미치고 있다. 자비심, 윤리적 삶, 마음챙김, 지혜를 조화롭게 실천하는 그의 가르침은 불교적 삶의 본질을 체계적이면서도 실천적으로 제시한다.

에밀리 디킨슨 Emily Dickinson, 1830~1886

19세기 미국 시인. 1850년부터 외부와의 관계를 끊고 사회생활을 최소화하며 1,800편이 넘는 시를 썼다. 당시 주류 문학과는 다른 스타일의 시로 생애 동안에는 거의 알려지지 않았으나 사후 크게 인정받아 작품들이 세상에 알려졌다. 대표 작으로 《죽음을 위해 멈출 수 없었기에》, 《희망은 깃털을 가진 것》, 《나는 아무도 아니야! 너는 누구니?》 등이 있다. "희망은 깃털을 가진 것"이라는 시구로도 유명하다. "내가 세상을 바꿀 수 없다면, 내 정원을 바꾸겠다"는 신념을 남겼으며, 그녀의 독창적인 시 형식과 깊이 있는 주제는 현대 시에 큰 영향을 미쳤다. 그녀의 작품은 인간 존재의 본질과 내면의 감정을 섬세하게 탐구하며, 독자에게 깊은 사유와 감동을 선사한다.

욘게이 밍규르 린포체 Yongey Mingyur Rinpoche, 1975~

티베트 불교 승려이자 명상 지도자. 어렸을 때 그는 위대한 명상 수행자였던 욘게이 밍규르 도르제와 캬브제 캉규르의 환생으로 인정되었다. 두 명의 뛰어난 스승이 하나의 육체로 동시 환생한 것이다. 그의 아버지 역시 '위대한 완성'이라 불리는 티베트 불교의 족첸 수행을 세상에 널리 알린 스승으로, 많은 외국인 수행자들이 그의 곁으로 모여들었다. 이런 영적 분위기에서 자란 린포체는 혼자서 집 뒤 히말라야의 동굴로 올라가 명상하곤 했다. 1998년부터 세계를 여행하면서 마음의 문제로 번민하는 이들에게 명상을 가르치는 동시에 달라이 라마와 함께 마음생명협회를 이끌어 왔다. 이 과정에서 신경과학자들이 그의 뇌를 MRI로 촬영한 결과 그는 "지구에서 가장 행복한 사람"이라는 별칭을 얻었다. 《티베트의 즐거운 지혜》 등의 책과 강의로 명상과 일상생활을 통합하는 법, 마음을 훈련하는 법 등을 전 세계에 알리고 있다.

윌리엄 헨리 데이비스 William Henry Davis, 1871~1940

영국 시인이자 작가. 웨일스에서 태어나 방랑 생활을 하며, 자연과 인간, 감정, 철학적 주제를 다룬 작품들로 알려져 있다. 그의 시는 깊은 자연 사랑과 인간 내면의 복잡함을 섬세하게 표현하였다. 대표작으로 《자연의 속삭임》, 《방랑자의 노래》, 《철학자의 정원》 등이 있다. 특히 《자연의 속삭임》은 영국 문학에서 중요한 위치를 차지하고 있다. 그는 "자연 속에서 우리는 진정한 자아를 발견할 수 있다"는 메시지를 전한다. 또한 여행 중 만난 다양한 문화와 자연환경을 작품에 반영하여 독특한 시적 세계를 구축하였다. 그의 글은 단순한 아름다움을 넘어 삶의 본질과 존재의 의미를 탐구하는 깊이를 지니고 있다.

질리언 린 Gillian Lynne, 1926~2018

영국의 안무가이자 댄서, 연극 연출가. 어린 시절 과잉행동과 집중력 문제로 학교 생활에 어려움을 겪었으나, 부모와 교사의 배려로 무용의 재능을 발견했다. 이후 발레리나로 활동하며 영국 로열 발레단에서 두각을 나타냈다. 특히 뮤지컬 안무로 명성을 떨쳤으며, 대표작으로 〈캣츠(Cats)〉와 〈오페라의 유령(The Phantom of the Opera)〉이 있다. 그녀의 안무는 독창적이고 역동적인 움직임으로 무대를 새롭게 정의하며 뮤지컬 역사에 한 획을 그었다. "움직임 속에서 영혼이 춤춘다"는 철학을 바탕으로, 무용과 예술의 한계를 넘어서려는 그녀의 열정은 전 세계 많은 예술가들에게 영감을 주었다. 그녀의 작업과 삶은 예술적 아름다움뿐만 아니라, 자신을 믿고 잠재력을 발휘하라는 메시지를 전한다.

칼 세이건 Carl Sagan, 1934~1996

미국의 천문학자, 우주 과학자, 천체물리학자. NASA의 여러 우주 탐사 프로젝트에 참여했다.《코스모스》등의 책을 통해 천문학의 대중화에 기여했다.《콘택트》라는 소설을 썼으며 이는 영화로도 제작되어 전 세계적인 인기를 얻었다. "우리는 별의 먼지로 만들어졌다"는 말로도 유명하다. 과학적 탐구와 대중 소통의 중요성을 강조하였으며, 과학의 경이로움과 인간의 호기심을 통해 우주에 대한 이해를 넓히는 데 이바지했다. 그의 유산은 현대 천문학과 과학 커뮤니케이션 분야에 지속적인 영향을 미치고 있으며, 많은 이들에게 영감을 주고 있다. 과학 교육의 중요성을 강조했고, 다음 세대에게 과학적 사고와 탐구심을 심어주는 데에도 앞장섰다.

크리스티나 로제티 Christina Rossetti, 1830~1894

영국의 시인. 빅토리아시대를 대표하는 여성 문학가. 종교적 주제와 사랑, 죽음, 고통, 자연에 대한 작품을 썼다. 신비하고 상징적인 이미지를 작품에 포함하고 있으며, 독특한 리듬과 강렬한 감정 표현이 살아 있다. 대표작으로《고블린 마켓(Goblin Market)》,《어두운 한겨울(In the Bleak Midwinter)》,《기억하라(Remember)》등이 있다. 특히《고블린 마켓》은 빅토리아시대의 여성성과 도덕적 주제를 탐구하는 중요한 작품으로 평가받는다. 상징주의와 전통적인 빅토리아 문학을 결합하여 독특한 시적 스타일을 창조했으며, 현대 여성 시인들에게 영감을 주고 있다. "사랑은 결국 기억으로 남는다"라는 메시지를 전하는 그녀의 작품은 깊은 감성과 섬세한 표현으로 사랑받고 있다.

텐진 빠모 Tenzin Palmo, 1943~

1943년 영국에서 태어났으며, 이름은 다이앤 페리(Daian Perry)였다. 어린 시절부터 동양의 문화와 영적인 세계, 삶과 죽음에 대해 관심이 많았던 그녀는 스물한 살에 인도로 가서 티베트 불교로 출가했다. 그 후 12년 동안 히말라야의 동굴에서 스승들의 지도 아래 수행해 왔다. 그 수행기를 담아《나는 여성의 몸으로 붓다가 되리라》,《서양인을 위한 불교 강의》등의 책을 펴냈다. 인도 북부 따시종 근처에서 동규 갓찰링이라는 비구니 사원을 운영하고 있다.

틱낫한 Thich Nhat Hanh, 1926~2022

베트남 승려로 어릴 적 출가하였고, 미국 대학에서 초청받아 불교를 강의했다. 마틴 루터 킹 주니어 목사와 함께 반전 평화운동을 했으며, 1982년 프랑스 남부 보르도에 명상 공동체인 플럼 빌리지를 설립했다. 걷기 명상, 설거지 명상 등 일상

속에서의 수행을 강조했다. 세상의 갈등을 해결하는 것과 환경 운동에 관심이 많았으며, 구글 등의 기업에서 명상 프로그램을 개발하는 데에도 참여했다. 《틱낫한의 화》, 《마음에는 평화 얼굴에는 미소》 등 100여 권이 넘는 책을 저술한 베스트셀러 작가이기도 하다. 〈나를 만나는 길(Walk with me)〉이라는 다큐멘터리 영화에 출연하기도 했다.

파커 J. 파머 Parker J. Palmer, 1939~

미국의 교육자, 작가, 사회운동가. "교사들의 교사"로 불린다. 여러 워크숍과 강연 등으로 교육 분야에서 활발히 활동하였다. 《가르칠 수 있는 용기》, 《가르침과 배움의 영성》 등 다양한 책들을 통해 교육과 공동체의 중요성, 개인의 소명과 리더십에 대해 강조했다. "우리는 행동하는 사고 기계가 아니라 생각하는 감정 기계"라는 말로도 유명하다. 교육 과정에 개인의 정체성과 진실성을 통합하는 것을 옹호했다. 교육이 단순한 지식 전달을 넘어 학생과 교사의 내면적 성장을 도모해야한다고 주장했다. 현대 교육 실천과 반성적 교수법의 발전에 영향을 미쳤으며, 교육자들에게 영감을 주고 있다.

파블로 네루다 Pablo Neruda, 1904~1973

칠레의 시인. 20세기 가장 영향력이 있는 시인 중 한 명으로 꼽힌다. 감각적이고 감성적인 언어로 음악적인 리듬과 소리의 효과를 살린 시들을 썼다. 《스무 편의 사랑의 시와 한 편의 절망의 노래》, 《지구의 거주(Residencia en la Tierra)》 등의 시집을 냈으며, 1971년 노벨문학상을 수상했다. 그의 시는 사랑, 자연, 정치적 투쟁 등 다양한 주제를 담고 있다. "나는 당신을 사랑하며, 이 사랑은 영원히 지속될 것"이라는 메시지를 통해 사랑의 아름다움과 복잡함을 표현했다. 《총 노래(Canto General)》 또한 그의 대표작 중 하나로, 정치적이고 사회적인 주제를 심도 있게 다루고 있다. 그의 작품은 전 세계에서 번역되어 많은 이들에게 영감을 주고 있으며, 그의 시는 사랑과 인간애의 상징으로 기억되고 있다.

프레드릭 비크너 Frederick Buechner, 1926~2022

미국의 작가이자 신학자이자 목사. 하버드 대학에서 문학을 전공한 후 신학 공부를 하였다. 어린 시절 아버지를 자살로 잃은 후 그 사건이 그의 삶과 작품에 깊은 영향을 미쳤다. 《기이하고도 거룩한 은혜》, 《어둠 속의 비밀》 등 신앙 종교, 인간 존재의 의미와 갈등을 탐구하며 깊은 성찰을 담고 있는 작품들을 남겼다. "하나님의 부름은 우리의 깊은 기쁨과 세상의 깊은 갈증이 만나는 곳에 있다"는 말을 통해 신앙과 인간 존재의 연결고리를 강조했다.

하워드 가드너 Howard Gardner, 1943~

미국의 교육학자이자 심리학자. 하버드대학교에서 심리학을 전공하고, 교수로 재직하였다. 1970년대에 인간은 다양한 종류의 지능을 가지고 있다는 '다중지능 이론'을 제시하여 전 세계 교육에 큰 영향을 끼쳤다. 인간은 단일한 능력만으로 정의되는 것이 아니라 지적인 능력 외에 언어, 논리수학, 음악, 공간, 신체, 대인 관계, 자연주의 등 다양한 지능을 가지고 있다는 그의 이론은 전통적인 지능 개념을 확장했다는 데 의의가 있다. 대표작으로 《프레임즈 오브 마인드: 다중지능 이론(Frames of Mind: The Theory of Multiple Intelligences)》, 《인텔리전스 리프레임드: 21세기를 위한 다중지능(Intelligence Reframed: Multiple Intelligences for the 21st Century)》, 《다중지능: 이론과 실천의 새로운 지평(Multiple Intelligences: New Horizons in Theory and Practice)》 등이 있다. 그의 연구는 교육자에게 학생의 다양한 지적 잠재력을 이해하고 이를 교육 과정에 반영하는 데 중요한 지침을 제공했으며, 현대 교육학과 심리학에 지속적인 영향을 미치고 있다.

하인즈 코헛 Heinz Kohut, 1913~1981

오스트리아 출신의 미국 정신분석학자. 주로 자아의 발달과 자기(self) 개념에 대해 연구했다. 정신분석학계와 심리치료 전반에 큰 영향을 끼친 자기심리학(Self Psychology) 이론으로 널리 알려져 있다. 사람들이 외부 세계와의 상호작용에서 경험하는 거울 역할의 관계가 자기발달에 중요한 영향을 미친다고 강조했으며, 자기애 발달의 문제가 정신적 문제를 일으킬 수 있다고 하였다. 대표작으로 《자기심리학의 발전(The Analysis of the Self)》, 《자아의 구조와 발달(The Restoration of the Self)》이 있다. "진정한 자기의 발견은 타인과의 공감적 관계를 통해 이루어진다"고 주장하며, 치료자와 환자 간의 공감적 연결의 중요성을 강조했다. 현대 정신분석학과 심리치료 실천에 지속적인 영향을 미치고 있으며, 많은 심리학자들과 치료사들에게 자기 이해와 치료 접근 방식에 새로운 관점을 제공하였다.

하피즈 Hafez, 약1315~1390

중세 페르시아의 서정 시인. 페르시아 문학의 손꼽히는 시인이었으며, 수피즘의 영향을 받은 신비주의자였다. 신성한 사랑, 자기 발견, 영적 깨달음을 주제로 한 작품들로 오늘날에도 많은 이들에게 영향을 주고 있다. 대표작으로 《디반 하피즈 (Divan of Hafez)》와 《사랑의 시집》 등이 있다. 그의 시는 사랑과 신에 대한 은유적 표현으로 유명하며, 그의 작품은 세계 각지의 문학과 예술에 영감을 주었다. 그의 작품은 오늘날에도 영적 성찰과 자기 발견의 도구로 활용되고 있으며, 다양한 언어로 번역되어 그 아름다움을 전달하고 있다.

헤르만 헤세 Hermann Hesse, 1877~1962

독일계 스위스 소설가이자 화가. 동양 철학과 인간의 자기 발견과 성장을 주제로 한 작품을 남겼다. 대표작으로 《데미안》, 《싯다르타》, 《유리알 유희》 등이 있고, 1946년 노벨문학상을 수상했다. 그의 작품은 개인의 내면 탐구와 영적 성장을 강조하며, 독자들에게 깊은 영감을 주었다. "자신을 아는 것이 모든 지혜의 시작"이라는 믿음을 통해 자기 인식과 자아실현의 중요성을 설파했다. 현대 문학에서 인간 존재의 의미를 탐구하는 중요한 작가로 자리매김했으며, 전 세계적으로 많은 독자들에게 사랑받고 있다. 그의 작품은 영적 여정과 자아 탐색의 상징으로 여겨지고 있다. 예술과 철학을 융합하여 인간 존재의 복잡성과 아름다움을 섬세하게 그려내어, 문학사에 길이 남을 유산을 남겼다.

● 용어

꽃동네

충청북도 음성군에 위치한 대한민국 대표 사회복지시설. 1976년 오웅진 신부에 의해 설립되었다. 가난하고 소외된 사람들, 특히 장애인, 노인, 노숙자, 환자 등을 돌보며 그들의 삶의 질을 향상시키는 데 헌신하고 있다. 꽃동네의 철학은 "하느님 사랑, 이웃 사랑"을 실천하는 데 있으며, 모든 생명을 존중하고 인간의 존엄성을 지키는 데 초점을 둔다. 전국적으로 여러 시설을 운영하며, 사회복지 전문가 양성 및 자원봉사 활동도 활발히 이루어진다. 꽃동네는 국내뿐만 아니라 해외에도 사회복지 시설을 설립해 국제적인 활동을 전개하고 있다.

마더 테레사 하우스

인도의 콜카타에서 마더 테레사에 의해 설립된 자선단체로, 본래 명칭은 '사랑의 선교회(Missionaries of Charity)'이다. 마더 테레사 하우스는 거리에서 죽어가는 사람들, 병자, 고아, 가난한 이들을 돌보는 활동으로 유명하다. 특히 말기 환자나 버려진 이들을 위한 쉼터와 돌봄을 제공하며, 생애 마지막 순간을 존엄하게 보낼 수 있도록 지원한다. 현재는 전 세계적으로 많은 지부를 두고 있으며, 자원봉사자와 선교사들이 함께 활동하고 있다. 이곳의 철학은 "세상에서 가장 가난한 사람들을 위해 봉사하며, 하느님의 사랑을 나누는 것"이다.

마음챙김 Mindfulness

현재 순간에 집중하며, 판단 없이 있는 그대로의 경험을 알아차리는 정신적 상태를 의미한다. 불교 수행에서 비롯된 개념으로, 명상과 일상생활 전반에 적용할 수 있는 실천이다. 과거에 대한 후회나 미래에 대한 불안을 내려놓고, 지금 이 순간의 감각, 감정, 생각을 깊이 관찰하고 수용하는 데 중점을 둔다. 스트레스 관리, 감정 조절, 집중력 향상 등 정신적·신체적 건강에 긍정적인 영향을 미치는 것으로 알려져 있다. 현대 심리학은 마음챙김 명상을 활용해 다양한 심리 치료법을 개발하고 있다. 단순한 명상을 넘어 일상생활 속에서 적용할 수 있는 실천으로, 식사, 걷기, 대화 등 모든 행동을 통해 의식적인 주의를 기울이는 훈련을 포함한다. 불교 전통에서는 깨달음으로 가는 중요한 수행법으로 여겨지며, 티베트 불교, 위파사나, 선(禪) 등 다양한 불교 학파에서 강조되고 있다. 종교적 맥락을 넘어 직장, 학교, 병원 등에서도 마음챙김 실천이 점점 더 주목받고 있다.

메타 명상 Metta Meditation

'자애 명상'이라고도 불린다. 불교의 전통적인 수행법 중 하나. '메타'는 팔리어로 '자애(Loving-kindness)'를 뜻하며, 자신과 타인에 대한 긍정적이고 따뜻한 마음을 키우는 데 중점을 둔다. 마음의 평온과 인간관계의 조화를 증진시키는 데 효과적이다. 스스로를 긍정적으로 바라보고, 비판적 자기 대화를 줄이며, 자기 연민(Self-compassion)을 기르는 데 도움을 준다. 가까운 사람뿐만 아니라 중립적인 사람, 심지어 갈등 관계에 있는 사람들에게도 자애심을 키워 원한을 내려놓고 관계를 개선한다. 분노, 원망, 스트레스 등 부정적인 감정을 줄이고, 마음의 평온함과 내적 행복을 증진시킨다.

발도르프 교육 Waldorf Education

1919년 독일의 철학자이자 인지학자인 루돌프 슈타이너에 의해 창시된 대안 교육 철학. 전인적 인간 발달을 목표로 한다. 인간의 신체적, 정서적, 정신적 성장

단계를 고려해 교육 과정이 설계되며, 지식 전달뿐만 아니라 감성과 의지를 조화롭게 개발하는 것을 중시한다. 학습자 중심의 창의적이고 예술적인 접근 방식을 특징으로 하며, 표준화된 시험보다는 경험을 통해 배움이 이루어지도록 돕는다. 발달 단계에 따라 교과 내용과 방법을 조정하며, 유아기에는 놀이와 모방을, 아동기에는 상상력과 예술을, 청소년기에는 논리적 사고와 비판적 사고를 강조한다. 커리큘럼에는 예술, 음악, 연극, 수공예 등이 통합되며, 자연과 연결된 활동과 협동 학습이 중요하게 다뤄진다. 발도르프 학교는 교사의 독립성과 창의성을 존중하며, 주입식 교육 대신 학생들이 주도적으로 학습할 수 있도록 이끈다. 시험과 경쟁 중심의 교육과는 차별화된 철학을 바탕으로 전 세계에서 널리 실천되고 있다. 오늘날 약 70개국 이상에서 1,200개가 넘는 발도르프 학교가 운영 중이다.

비전 퀘스트Vision Quest

북미 원주민 문화에서 비롯된 전통적 성인식이자 영적 수행. 주로 청소년이 성인으로서의 책임과 정체성을 받아들이는 과정에서 행해진다. 참여자는 숲이나 산과 같은 고립된 성스러운 장소에서 며칠 밤낮을 홀로 보내며, 두려움과 고독을 마주하고 내면의 소리를 듣는 시간을 갖는다. 이 과정에서 자기 존재의 의미를 발견하고, 삶의 목적과 소명을 깨닫기 위한 질문을 스스로에게 던진다. 이러한 탐구는 참여자가 자연과 깊이 연결되고 영적 깨달음을 얻는 경험으로 이어진다. 대개 의식을 이끄는 부족 장로나 스승의 지도 아래 준비되며, 금식과 명상, 고독의 시간을 포함한다. 이 경험은 신성한 장소와 자연의 영적 에너지에 의지하며, 내면의 통찰과 새로운 정체성을 발견하는 계기를 제공한다. 오늘날 북미 원주민의 전통적 맥락을 넘어 현대인에게도 영감과 자아 발견의 도구로 활용되고 있다. 특히 삶의 전환점에서 자신의 소명과 목적을 되새기고, 내면의 목소리에 귀 기울이는 방법으로 재해석되고 있다.

위파사나Vipassana

불교의 전통적인 명상법 중 하나. "통찰" 또는 "있는 그대로 보는 것"을 뜻한다. 마음과 몸에서 일어나는 현상을 주의 깊게 관찰하여 고(苦), 무상(無常), 무아(無我)의 진리를 깨닫는 데 초점을 둔 수행법이다. 몸의 움직임, 호흡, 감각, 생각, 감정을 있는 오직 그대로 관찰하되 평가하거나 조작하지 않는다. 고통과 즐거움 등 모든 경험을 있는 그대로 바라보며, 떠오르는 생각이나 감정을 붙잡지 않고 흘려보내, 이들의 덧없음과 진리를 체험한다. 수행 중심 명상으로, 종교적 신념과 상관없이 누구나 실천할 수 있다.

《입보리행론》入菩提行論, Bodhicaryavatara

8세기 인도의 불교 승려 샨티데바가 저술한 대승불교의 고전으로, 보리심을 발원하고 이를 바탕으로 깨달음의 길을 걷는 방법을 체계적으로 설명한 책이다. 대승불교의 철학과 실천이 조화된 이 책은 전 세계적으로 널리 읽히며, 티베트 불교를 포함한 여러 전통에서 중요한 교재로 사용된다. 특히 보리심을 발원하고 유지하는 법, 윤리적 삶, 명상 수행, 공성(空性)에 대한 심오한 가르침을 담고 있다. 모두 10장으로 구성되어 있으며, 보리심의 이익, 수행 과정에서의 장애 극복, 깨달음을 위한 지혜와 공덕의 회향 등을 다룬다. 겔룩파를 포함한 티베트 불교 전통에서 필수적으로 배우는 텍스트로, 수행자들에게 자비와 지혜를 바탕으로 한 삶의 지침을 제시한다. 심오한 철학적 통찰과 더불어 실천적인 가르침을 담고 있어 초심자와 숙련자 모두에게 유익하다. 현대인에게도 큰 가치를 지니며, 타인을 위한 자비심을 키우고 마음의 평화를 찾는 데 도움을 준다.

플럼 빌리지 Plum Village

프랑스 남서부 보르도 근처에 위치한 세계적인 명상 공동체. 1982년 베트남 출신의 스승이자 평화 운동가인 틱낫한 스님에 의해 설립되었다. 개인의 마음챙김과 내적 평화를 증진하며, 모든 존재와의 연결을 배우는 수행의 장으로 설계되어 있다. 명상, 걷기 수행, 마음챙김 식사, 침묵 등 다양한 활동이 이루어진다. 플럼 빌리지의 철학은 "현재 순간에 깨어 있음"과 "개인의 평화가 세상의 평화를 만든다"는 틱낫한 스님의 가르침을 바탕으로 한다. 프랑스의 어퍼 햄릿(Upper Hamlet), 로워 햄릿(Lower Hamlet), 뉴 햄릿(New Hamlet) 등 여러 센터로 구성되어 있으며, 연중 다양한 프로그램을 운영한다. 플럼 빌리지의 가르침은 전 세계의 여러 명상 센터와 온라인 프로그램을 통해 확산되고 있다.

통렌 Tonglen 수행법

티베트 불교에서 유래된 자비 수행법. 고통을 받아들이고 자비와 사랑을 내보내는 마음 훈련(Mind Training) 중 하나이다. "통렌"은 티베트어로 "주고받는다"는 뜻이며, 다른 존재들의 고통을 자신의 호흡으로 받아들이고, 자신의 행복과 평화를 그들에게 보내는 것을 연습한다. 다른 사람의 고통에 대한 공감과 연민을 키우고, 자신만의 고통과 행복에 매몰되지 않고, 타인의 고통을 수용하며 연결감을 느끼게 한다. 타인과의 깊은 연결을 통해 내적 평온과 영적 성장을 돕는다.

투시타 명상센터 Tushita Meditation center

인도 다람살라에 위치한 세계적으로 널리 알려진 티베트 불교 명상 및 교육 센터. 달라이 라마가 머무는 맥그로드 간즈(McLeod Ganj)와 가까워 많은 사람들에게 영적인 휴식을 제공하는 장소로 유명하다. 명상, 티베트 불교 철학, 마음챙김 수행에 관심 있는 사람들에게 다양한 프로그램과 강의를 제공한다. 달라이 라마가 소속된 불교 학파인 겔룩 전통의 티베트 불교를 따르며, 초심자를 위한 입문 명상 강좌부터 티베트 불교 철학, 연기법, 공 등의 주제를 다루는 심화 과정이 있다. 다람살라의 산악 지형 속에 자리 잡고 있어 자연 속에서 조용히 수행할 수 있는 환경을 제공한다. 전 세계에서 방문하는 다양한 국적의 사람들과 함께 명상과 배움을 공유할 수 있다. 프로그램은 주로 영어로 진행되지만, 다양한 언어를 지원하는 경우도 있다.

호스피스 교육

말기 환자와 그 가족을 지원하기 위한 전문적인 교육 과정. 호스피스는 죽음을 앞둔 환자들에게 신체적, 심리적, 영적 고통을 완화하고 품위 있는 삶을 유지하도록 돕는 데 중점을 둔다. 교육 과정은 의료진, 자원봉사자, 환자 가족을 대상으로 하며, 환자의 고통을 완화하는 기술, 심리적 상담, 영적 지원 등을 포함한다. 호스피스 교육은 죽음의 과정을 이해하고 이를 수용하며, 고통을 경감시키는 데 필요한 전문적 지식과 태도를 함양시키는 데 초점을 둔다.

Powers of Ten 10의 거듭제곱

1977년 미국의 디자이너이자 영화 제작자인 찰스와 레이 임스(Charles & Ray Eames)가 제작한 짧은 다큐멘터리 영화. 우주와 인간의 시각적 규모를 탐구하는 독창적인 작품이다. 거리를 10의 거듭제곱 단위로 확대하고 축소하며, 우주의 광활함과 원자 세계의 미세함을 시각적으로 탐험한다. 시카고의 한 공원에서 피크닉을 즐기는 한 커플의 장면에서 시작하여, 카메라가 매 10초마다 10배씩 더 멀리 확대되며 은하계를 넘어서는 거대한 우주의 모습을 보여준다. 이후에는 카메라가 10배씩 더 가까이 축소되며, 인간의 세포와 원자 수준의 미시적 세계를 탐구한다. 과학적 호기심과 미적 감각을 결합하여 우주적 규모와 미시적 세계의 경이로움을 간단명료하면서도 효과적으로 전달한다. 과학 교육의 명작으로 평가받으며, 물리학, 천문학, 생물학 등 다양한 학문 분야에서 사용되고 있다. 인간이 자신의 위치를 우주적 관점에서 성찰하게 만드는 철학적 메시지를 담고 있어 깊은 영감을 준다. 간결한 내레이션과 함께 누구나 이해하기 쉬운 방식으로 제작되어, 대중과 학자 모두에게 높은 평가를 받고 있으며, 시간과 공간 개념을 이해하는 시각적 교재로 활용되고 있다.

주

1 에밀리 디킨슨, 장영희 옮김, '만약 내가', 《다시, 봄》(샘터사, 2014), 95쪽

2 이승욱, 《천 일의 눈 맞춤》(휴, 2021)

3 크리스티나 로제티, 이현주 옮기고 엮음, 《세기의 기도》(삼인, 2008), 111쪽

4 하피즈, 류시화 편역, '모두 다 꽃', 《시로 납치하다》(더숲, 2018), 204쪽

5 샨티데바, 《샨티데바의 입보리행론》(담앤북스, 2013), 30~31쪽

6 파블로 네루다, 장석주 엮음, '우리는 질문하다가 사라진다', 《장석주 시인의 마음을 흔드는 세계 명시 100선》(북오션, 2017), 308~313쪽

7 라이너 마리아 릴케, 류시화 편역, 《지금 알고 있는 걸 그때도 알았더라면》(열림원, 1998), 101쪽

8 라즈니쉬 오쇼, *The Alchemy of Yoga*, 자야, 《인도, 휘청거려도 눈부시다》(이프출판사, 2008)에서 재인용, 297쪽

9 민경찬 작사 · 작곡, '씨앗의 꿈'

10 김승희, '장미와 가시', 《누가 나의 슬픔을 놀아주랴》(미래사, 1991)

11 강지선, '너는 아름다워', 2019

12 파커 J. 파머, 홍윤주 옮김, 《삶이 내게 말을 걸어올 때》(한문화, 2019), 137쪽

13 욘게이 밍규르 린포체, 류시화 · 김소향 옮김, 《티베트의 즐거운 지혜》(문학의숲, 2009), 148쪽

14 리처드 바크, 김찬호, 《생애의 발견》(문학과지성사, 2018)에서 재인용, 77쪽

15 레오 버스카글리아, 《우리가 서로 사랑한다는 것은》(유한문화사, 1992), 40쪽

16 프레더릭 뷰크너, 파커 J. 파머, 홍윤주 옮김, 《삶이 내게 말을 걸어올 때》(한문화, 2019)에서 재인용, 42쪽

17 홍순관 작사 · 작곡, '쌀 한 톨의 무게', 〈춤추는 평화〉, 2008

18 정현종, '비스듬히', 《견딜 수 없네》(문학과지성사, 2013), 14쪽

19 이케다 가요코 구성, C. 더글러스 루미즈 영역, 한성례 옮김, 《세계가 만일 100명의 마을이라면》(국일미디어, 2002)

20 이해인, '작은 기쁨', 《작은 기쁨》(열림원, 2008), 48쪽

21 이해인, '가까운 행복', 앞의 책, 22~23쪽

22 헤르만 헤세, 나태주 엮음, 《처음 사는 인생, 누구나 서툴지》(북로그컴퍼니, 2023), 196쪽

23 윌리엄 헨리 데이비스, 윤동주 외, 《매일, 시 한 잔》(북로그컴퍼니, 2019), 138쪽

24 류시화, 《나의 상처는 돌, 너의 상처는 꽃》(문학의숲, 2012), 32쪽

25 제시카 조엘 알렉산더, 고병헌 옮김, 《행복을 배우는 덴마크 학교 이야기》 (생각정원, 2019), 69쪽

26 정현종, '방문객', 《광휘의 속삭임》(문학과지성사, 2008), 55쪽

27 오키 모리히로, 정창현 옮김, 《마더 테레사의 삶 그리고 신념》(예담, 2008), 40쪽

28 메리 올리버, 류시화 엮음, '생이 끝났을 때', 《사랑하라 한 번도 상처받지 않은 것처럼》(오래된미래, 2005), 40쪽

29 메리 올리버, 류시화 엮음, '여름날', 《새는 날아가면서 뒤돌아보지 않는다》 (더숲, 2017), 89쪽

30 윤동주, '서시', 《윤동주 전 시집》(스타북스, 2022), 17쪽

31 다니카와 슌타로 글, 가루베 메구미 그림, 최진선 옮김, 《죽음은 돌아가는 것》(너머학교, 2017)

32 레오 버스카글리아 글, 천은실 그림, 조병준 옮김, 《스프링 칸타타》(샘터사, 2011), 53쪽

33 비스와바 쉼보르스카, '두 번은 없다', 최성은 역, 《끝과 시작》(문학과지성사, 2007), 34~35쪽

34 권정생 글, 김세현 그림, 《엄마 까투리》(낮은산, 2008)

35 시애틀 추장 외, 류시화 엮음, 《나는 왜 너가 아니고 나인가》(더숲, 2017), 36쪽

36   솔가 작사, 솔가와 이란 편곡, '같이 살자', 〈노래, 거닐다〉, 2016

37   다니카와 슌타로, 김응교 옮김, '이십억 광년의 고독', 《이십억 광년의 고독》
      (문학과지성사, 2009), 51쪽

38   다니카와 슌타로, 김응교 옮김, '지구로 떠나는 피크닉', 앞의 책, 70쪽

39   사샤 세이건, 홍한별 옮김, 《우리, 이토록 작은 존재들을 위하여》(문학동네,
      2021), 14쪽